KB271777

斷月劍帝
단월검제

FANTASTIC ORIENTAL HEROES
강태훈 新무협 판타지 소설

단월검제 1

강태훈 新무협 판타지 소설

초판 1쇄 찍은 날 § 2012년 1월 16일
초판 1쇄 펴낸 날 § 2012년 1월 24일

지은이 § 강태훈
펴낸이 § 서경석

편집부장 § 권태완
편집책임 § 주소영

펴낸곳 § 도서출판 청어람
등록번호 § 제1081-1-89호
등록일자 § 1999. 5. 31
어람번호 § 제2-2196호

주소 § 경기도 부천시 원미구 심곡2동 163-2 서경B/D 3F (우) 420—822
전화 § 032-656-4452 팩스 § 032-656-4453
http://www.chungeoram.com
E-mail § chungeoram@chungeoram.com

ⓒ 강태훈, 2012

ISBN 978-89-251-2748-4 04810
ISBN 978-89-251-2747-7 (세트)

新月劍후
단월검제
1
강태훈 新무협 판타지 소설
FANTASTIC ORIENTAL HEROES
도서출판 청람

目次

　2년여 시간이 흐르고 나서야 또 다른 이야기를 여러분께 보여 드리게 되었습니다.

　조금 더 빨리 찾아뵙고 싶은 마음은 굴뚝같았지만 학업과 병행하는 일이 결코 쉽지가 않았습니다. 아무래도 학년이 올라가고 졸업이 가까워질수록 공부라는 것이 더 어려워지더군요.

　그보다 글 쓰는 것이 훨씬 더 어려운 일이었기에 이렇게 늦어지게 되었습니다. 기다리셨던 분들께 양해를 구합니다.

　2011년 한 해 마무리는 잘하셨는지 모르겠습니다.

　개인적으로는 정말 다사다난했던 한 해였습니다. 마치 주변에서 지뢰가 터지는 것 같이 정신없는 한 해였지요.

그런 한 해를 떠나보내고 2012년 흑룡의 해가 시작되는 달에 신작을 선보입니다. 제가 들려 드리는 이야기가 여러분께서 기분 좋은, 즐거운 새해 시작을 맞이하는 데 자그마한 역할을 했으면 하는 바람입니다.

제가 이 이야기를 생각하고 글로 써 내려가는 동안 조언을 아끼지 않으셨던 준후 형님, 석진 형님, 돈형이 형, 촌부 형 등 많은 선배님들 정말 진심으로 감사합니다.

그리고 제가 힘들어할 때마다 옆에서 힘내라고 따뜻하게 말해주었던 형, 누나, 친구, 동생들(이름 안 써줬다고 삐치지 말기! 하하!) 정말 고맙습니다.

글쓸 때 스트레스 받고 예민해지는 아들 때문에 눈치도 보시고 이것저것 시킬 것, 부탁할 것 안 하시고, 하셔도 조심스럽게 얘기 꺼내셨던 어머니, 정말 사랑하고 감사하고 미안합니다. 꼭 효도 할게요. 그리고 고생하면서 학교 다니는 동생 지영이도 고맙구나.

오랜 시간 원고가 안 나왔음에도 학업 때문이겠거니, 혹여 스트레스 받을까 이해하고 기다려 준 담당 소영 씨 고맙습니다. 앞으로 원고 후딱후딱 써서 넘길 수 있도록 할게요.

마지막으로 언제나 제가 최고라고, 잘할 수 있을 거라고 용기 북돋워 주는 사랑하는 여자친구 하람이. 정말 고맙고 사랑해~!

　여러분께서 재미있게 느끼실지 재미없게 느끼실지 정말 궁금합니다. 재미있게 느끼신다면 그 재미 완결하는 그 순간까지 이어지도록 최선을 다할 것이고, 재미없게 느끼신다면 아직 배울 것 많은 글쟁이로 봐주시고 없는 재미나마 찾아주시면 정말 감사하겠습니다. 물론, 재미없게 느끼시는 분들이 재미를 느끼실 수 있도록 더 열심히 생각하고 쓰겠습니다.
　새해 복 많이 받으십시오.

2012년 새해 벽두 집에서 이불 뒤집어쓰고 있는

강태훈 올림

序

무더운 여름날.

얼굴에 깊은 주름이 가득하고 검은 머리 사이로 흰 머리가 힐끗힐끗 보이는, 너끈히 쉰 살은 되어 보이는 중년인 한 명이 나무 그늘 밑에 털썩 주저앉았다.

그늘에 들어왔음에도 꽤 더웠는지 연신 손부채질을 하는 그의 얼굴에는 수심이 그득했다.

"제자 놈 구하기가 이렇게 어려워서야……."

그렇게 중얼거린 중년인이 깊은 한숨을 한차례 푹 내쉬었다.

"스승님, 아무래도 문파의 명맥은 저에서 끊어질 모양입니다.”

중년인이 하늘을 올려다보며 중얼거렸다.

“아저씨.”

그런 중년인에게 앳된 목소리 하나가 들려왔다.

슬쩍 고개를 들자 눈에 들어온 사람은 거지꼴을 한 열 살 정도 되어 보이는 소년이었다.

동그란 눈에 오뚝한 콧등, 그리고 젖살이 그대로 남아 있는 얼굴은 비록 거지꼴을 하고 있어도 귀엽게 보였다.

그 모습에 주섬주섬 품을 뒤진 중년인이 동전 몇 개를 꺼내 소년에게 내밀었다.

“이것밖에 없으니 가봐라.”

하지만 소년은 중년인이 내민 동전을 바라보기만 할 뿐 받지 않았다.

“이것밖에 없다 하지 않았느냐? 그러니 얼른 받고 가거라.”

중년인이 재차 소년에게 동전을 내밀었다. 하지만 소년은 동전을 받아드는 대신 그에게 질문을 던졌다.

“아저씨, 싸움 잘해?”

소년의 물음에 중년인은 뭐라 대답해야 할지 몰라 멀뚱히 바라만 보고 있었다.

그러자 소년이 다시 한 번 물었다.

“아저씨 무림인이야?”

“무공을 익혔으니 무림인이라 할 수 있겠지.”

그렇게 대답한 중년인이 씁쓸한 표정을 한번 지어 보이고는 물었다.

“그런데 왜 그러느냐?”

그렇게 물은 중년인은 이어진 소년의 대답에 황당한 표정을 지을 수밖에 없었다.

“나 좀 도와주면 내가 제자가 돼줄게.”

第一章
상천(常天)과 종삼(宗三)

소년의 부탁은 어려운 것이 아니었다.

어디서 흘러들어 왔는지 모를 삼류무사 중에서도 하급에 속하는 자가 어린 거지들 위에 앉아 왕 노릇을 하고 있었던 것이다.

성격이 포악해서 욕지거리를 내뱉는 것은 부지기수였고, 마음에 들지 않으면 때리는 것도 서슴지 않는 자였다. 그 밑에서 용케 버티고 있던 소년이 참다못해 중년인에게 부탁을 한 것이다.

일은 싱겁게 끝났다.

소년을 따라간 중년인은 그 사내 앞에서 약간의 공력을 실어 주먹질 몇 번을 보여주었다.

아무리 자신의 실력이 떨어져도 하급 삼류무사 한 명 기 죽이는 것은 쉬운 일이었다.

그다음부터는 소년의 몫이었다.

포악하기는 했지만 왕초를 잃은 아이들의 얼굴에는 두려움과 당황하는 기색이 역력했다.

그런 아이들을 다독이고 다른 왕초를 내세워 안정을 시킨 것이 바로 소년이었다.

평소 소년에 대한 신망이 두터웠는지 아이들은 빠르게 안정을 찾아갔다..

소년을 쫓아오려는 아이들도 있었지만 자주 오겠다는 약조를 한 후에야 그 아이들을 떨어뜨려 놓은 소년은 그곳을 떠나 지금 이 순간 중년인을 따라 길을 걷고 있었다.

말 한마디 없이.

'신경이 쓰였던 게지.'

짐짓 이성적이면서도 어른스러운 척하지만 아이는 아이였다.

게다가 냉정한 척 굴었지만 정이 많은 아이였다.

그렇기 때문에 지금까지 아무런 말도 없이 무거운 표정으로 자신을 따르고 있는 것이다.

그렇게 길을 걸어 두 사람은 사위가 어두워졌을 때쯤 어느 한곳에 도착할 수 있었다.

“여기다.”

중년인의 말에 소년이 고개를 들어 정문을 바라보았다.

금방이라도 넘어질 것만 같은 허름한 문과 톡 건드리기만
해도 떨어져 내릴 것만 같은 현판, 그리고 곳곳이 무너져 내
린 담벼락까지.

도저히 사람이 살기 어려워 보이는 곳이었다.

“들어가자꾸나.”

중년인이 조심스럽게 문을 열었다. 잔뜩 녹이 슨 경첩이 힘
겹게 끼이익 하는 비명을 질렀다.

안으로 들어간 소년은 기가 막힌다는 표정을 지었다.

연무장처럼 보이는 곳은 잡초가 무성했고, 건물이 있었던
것으로 보이는 흔적이 곳곳에 있었다.

그나마 멀쩡한 건물 한 채는 이젠 많이 헐어 있어 비가 새
는 것을 걱정해야 하지 않을까 하는 정도다.

“근 한 달 만에 왔더니 꼴이 말이 아니구나.”

중년인이 무안한 듯 그렇게 말을 하고는 서둘러 건물 쪽으
로 걸어갔다.

황당한 표정을 지으며 이곳저곳을 둘러보던 소년이 그의
뒤를 따랐다.

“악!”

얼마 안 가 소년이 비명을 지르며 휘청거렸다. 발끝에 뭔가
걸려 넘어질 뻔한 것이다.

"발 밑 조심하거라. 걸리는 게 많을 게야."

하지만 중년인은 별로 대수롭지 않다는 듯 슬쩍 뒤를 돌아보며 일러주었다.

"진작 좀 말해주지!"

그렇게 소리치며 입을 빼쭉 내민 소년이 뚫어져라 발밑을 쳐다보며 중년인을 따라 건물 안으로 들어갔다.

그날 밤은 별일 없이 지나갔다.

겉은 곧 쓰러질 것처럼 보였지만 건물 안은 제법 아늑하게 꾸며져 있었다.

도착하여 몇 시진 동안 묵은 때를 벗겨낸 소년은 나른함을 이기지 못하고 그대로 쓰러져 잠이 들었다.

다음날 아침.

해가 제법 높게 떠오른 후에야 잠에서 깬 소년 상천은 제대로 떠지지 않는 눈을 비비면서 밖으로 나갔다.

아직 정오가 되지 않은 시간이었지만 한여름인지라 제법 날씨가 후덥지근했다.

"하암~!"

하품을 하며 한껏 기지개를 켠 상천의 눈에 쭈그려 앉아 뭔가를 하는 중년인의 모습이 보였다.

"아저씨, 뭐해?"

"잡초 뽑는다. 오랜만에 왔더니 뽑을 게 산더미처럼 쌓였구나."

그렇게 말하며 중년인이 구슬땀을 흘리며 잡초를 뽑았다. 낫으로 베기도 하고 힘주어 뽑기도 하는 모습이 왠지 안쓰럽게 보였다.

"그런데 여기는 아저씨 혼자밖에 없어? 문파라면서?"

상천의 물음에 중년인이 잡초 뽑던 것을 멈추고는 자리에서 일어났다.

"윽! 이제 늙은 모양이구나. 겨우 반 시진 쪼그려 앉아 있었다고 허리가 아픈 것을 보니까."

그렇게 중얼거리며 허리를 몇 번 두드린 중년인이 한쪽에 놓아둔 천을 들어 얼굴에 흐른 땀을 닦아내었다. 몇 번을 닦았는지 하얀 천이 누렇게 변해 있었다.

땀을 닦아낸 중년인이 천천히 상천의 옆으로 걸어왔다.

"여기 좀 앉아보려무나."

그렇게 말하며 중년인이 건물 기둥에 기대앉았다. 그러자 상천도 그 옆에 털썩 주저앉았다.

"우리 문파에 대해 듣고 싶으냐?"

"어!"

중년인의 물음에 상천의 두 눈이 초롱초롱하게 빛났다.

그런 상천을 바라보던 중년인은 자신도 모르게 회상에 잠겼다.

방 안에 백발이 성성한 노인이 누워 있다.

많이 야위고 창백한 것이 딱 봐도 병세가 깊은 모습이었다.

그리고 그 옆에 청년 한 명이 무릎을 꿇고 있다.

그 청년은 젊은 날의 중년인이었다.

"쿨럭! 쿨럭! 이제 나도 얼마 남지 않은 것 같구나."

"그런 말씀 마십시오, 사부님! 다시 예전처럼 정정한 모습으로 돌아오실 수 있을 겁니다!"

"아니다. 쿨럭! 내 몸은 내가 제일 잘 안다. 이젠 힘들어."

"사부님! 크흑!"

노인의 말에 청년이 결국 눈물을 보였다.

"울지 말거라. 사람은 누구나 다 죽는 법이니라. 당연한 자연의 섭리인데 그것이 어찌 슬퍼할 일이겠느냐?"

"사부님……."

청년은 말을 잇지 못하고 사부님이라는 말만 되뇔 뿐이었다.

"많던 문도도 다 빠져나가고 남은 사람은 너와 나 둘뿐이구나. 내가 지금 이 순간 가장 슬픈 것은 우리 문파의 모든 것을 네게 짊어지워야 한다는 것이란다. 그것이 가장 미안하고 슬프구나."

회광반조인 듯 노인의 목소리에 조금은 힘이 돌아오는 것 같았다. 게다가 수시로 하던 기침도 지금은 전혀 하지 않고 있다.

그 모습을 보며 스승의 마지막을 직감한 청년의 눈에 굵은 눈물방울이 맺히고 있었다.

"네게 마지막 부탁이 있다면, 절대로 우리 문파의 맥이 끊어지지 않게 해달라는 것이다."

"사부님……."

청년은 '제가 할 수 있겠습니까?' 라는 말이 입 밖으로 나오려는 것을 가까스로 참고 있었다.

스스로의 자질이 부족해 문파의 무학을 제대로 익히지 못했고 삼류를 겨우 넘어서는 수준에 불과했기 때문이다.

그렇기 때문에 스스로가 감히 누군가를 가르칠 능력이 되지 않는다고 생각했다.

하지만 마지막 가는 길에 더 큰 걱정을 지울 수 없어 그저 울먹이며 고개를 끄덕일 뿐이었다.

"고맙구나. 고마워……. 그리고… 미안하구나……."

노인의 목소리에 점점 힘이 빠지더니 마지막에는 거의 들리지 않을 정도가 되었다.

그리고 더 이상 노인은 숨을 쉬지 않았다.

"사부님! 으아아아! 사부님! 사부님! 엉엉!"

청년은 그렇게 한참을 목 놓아 울었다.

"…저씨! 아저씨!"

상천의 목소리가 그를 현실로 되돌려 놓았다.

"아저씨 울어? 눈이 빨간데?"

"음? 아니다, 아니야."

상천의 물음에 눈을 깜빡이며 눈물을 참은 중년인이 애써 미소를 지어 보였다.

"왜 말을 하다 말아?"

"잠깐 다른 생각을 좀 했다."

그렇게 말한 중년인이 잠시 동안 조용히 있다가 말을 이었다.

"그럼 이건 너만 알고 있어야 한다."

상천에게 작은 목소리로 말한 중년인이 주변을 한번 힐끗힐끗 쳐다보고는 이야기를 풀어놓았다.

"비인부전 일인전승이라는 말이 있다. 사람이 없으면 전할 수 없는, 오직 한 사람에게만 전승된다는 말이지. 우리 문파 역시 그렇다. 오직 한 사람에게만 모든 무학을 전달하는 문파지."

그렇게 말한 중년인이 자부심이 넘쳐 나는 표정으로 고개를 끄덕였다.

하지만 상천은 두 눈을 가늘게 뜨고는 의심 가득한 눈빛으로 그에게 물었다.

"진짜야?"

"그, 그럼!"

상천의 물음에 중년인이 조금 당황한 나머지 살짝 말을 더

듬었다.

"확실해?"

"아~ 덥다!"

상천의 추궁에 중년인이 손부채질을 하며 시선을 회피했다. 그 모습에 상천의 두 눈이 더욱 가늘어졌다.

의심이 가기는 했지만 상천은 그것에 대해 더 묻지 않고 다른 이야기를 꺼냈다.

"그럼 난 무공 언제 배워?"

"무공? 아, 무공! 그래, 가르쳐 줘야지. 우리 백룡문(白龍門) 제사십오대 장문인이 될 사람인데."

그렇게 말하며 중년인이 상천의 머리를 쓰다듬었다.

"우리 문파 이름이 백룡문이야?"

상천의 물음에 중년인이 잠시 당황스런 표정으로 바라보다가 인상을 찌푸리며 자신의 이마를 손바닥으로 한 번 탁 쳤다.

"아하~! 내 정신머리 좀 봐라. 어제 말 안 해줬나?"

"안 해줬는데?"

"이거 참, 나란 남자……. 그래, 우리 문파 이름은 백룡문이다. 멋있지?"

그 물음에 상천이 어색하게 웃으면서 고개를 끄덕였다.

"아저씨 이름은?"

"내 이름도 안 가르쳐 줬어?"

　이어진 물음에 중년인이 이번에는 진짜로 놀란 듯 두 눈을 크게 뜨고 상천을 바라보았다.

　"내 이름은 종삼(宗三)이다."

　"풉!"

　종삼이라는 이름을 듣자마자 상천이 웃음을 터뜨렸다. 그러자 얼굴이 시뻘겋게 달아오른 종삼이 도리어 상천에게 물었다.

　"왜 웃어? 그러는 넌 이름이 뭐냐?"

　종삼의 물음에 상천이 황당한 표정을 지으며 말했다.

　"어제 가르쳐 줬는데?"

　"뭐? 언제?"

　"어제 그 나쁜 놈 혼내주러 가면서."

　"아!"

　상천의 말에 그제야 기억이 난 듯 종삼이 자신의 이마를 또 한 번 탁 쳤다.

　"맞아. 그랬지! 상… 상……."

　상천의 이름이 정확하게 기억이 나지 않았는지 종삼이 계속해서 성(姓)만 말하며 상천의 눈치를 보았다.

　그 모습을 보며 절레절레 고개를 저은 상천이 다시 한 번 또박또박 자신의 이름을 말해주었다.

　"상천(常天)! 상! 천!"

　"아! 천! 맞아. 그랬지. 하하하!"

상천이 다시 한 번 자신의 이름을 알려주자 종삼이 너털웃음을 터뜨렸다.

"무공은 언제 가르쳐 줄 거야?"

재차 묻는 상천을 보며 종삼이 웃음을 멈추고는 짐짓 진지한 표정으로 입을 열었다.

"무공은 며칠 지나고 나서부터 가르쳐 주마."

"왜?"

"그동안 너무 못 먹어서 몸이 많이 허약해져 있어서 안 된다. 지금 무공을 배우면 몸이 버티질 못해."

종삼의 그럴싸한 대답에 상천이 순순히 고개를 끄덕였다.

"우리 백룡문의 무공은 쉽게 익힐 수 있는 무공이 아니야. 그만큼 최적의 몸 상태를 유지하며 익혀야 하지."

"그래?"

이번에는 상천이 조금 기대감에 찬 눈빛으로 종삼을 바라보았다. 그 눈빛에 기분이 좋아졌는지 종삼의 목소리가 조금 커졌다.

"그러엄! 당연하지!"

"오호~!"

자신있게 대답하는 종삼을 보며 상천이 탄성을 터뜨렸다.

"대단한 무공인 모양이네?"

"……"

기대감에 찬 상천의 말에 종삼은 아무런 대답도 하지 않았다.

"자, 그럼 밥부터 먹자꾸나. 잘 먹어야 빨리 회복하지 않겠느냐?"

"그래!"

상천을 뒤로하고 식사 준비를 하러 주방으로 향하는 종삼의 얼굴은 어딘지 모르게 어두웠다.

상천의 상태는 생각보다 양호했다.

구걸을 하러 다니면서도 나름대로 잘 먹었는지 크게 문제가 될 부분은 없었다.

상천 스스로도 그런 것을 느꼈는지 종삼을 따라온 지 삼 일째 되는 날부터 계속 무공을 가르쳐 달라고 조르고 있었다.

그럼에도 종삼은 계속해서 이런저런 핑계를 대며 미루고 있었다. 상천이 조르기 시작한 지 이틀째 되는 날부터는 아예 오전에 나가서 오후에 돌아오기 시작했다.

혼자 남은 상천은 입을 삐쭉 내민 채 지루한 나날들을 보내고 있었다.

상천이 본격적으로 무공을 가르쳐 달라고 조르기 시작한 지 닷새째 되는 날 밤.

계속 조르다가 지쳤는지 상천은 일찍부터 잠이 들었고, 그런 상천을 안쓰럽게 바라보는 종삼은 한쪽에 책 몇 권을 꺼내

놓고 있었다.

그가 꺼내놓은 책은 총 네 권이었는데, '규화공(葵花功)', '단월검(斷月劍)', '천유보(天流步)', '백룡권(白龍拳)'이라고 각각 적혀 있었다.

서책을 꺼내놓은 채 종삼은 흔들리는 호롱불 아래에서 열심히 먹을 갈고 있었다. 그 옆에는 적당한 크기로 잘라놓은 종이와 붓도 준비되어 있었다.

한참 동안 먹을 간 종삼이 종이 하나를 자신의 앞으로 끌어와서는 붓에 먹을 묻혀 글자를 적기 시작했다.

종이에 '규화신공(葵花神功)'이라고 적은 종삼은 그 종이를 옆으로 밀어놓고는 다른 종이를 가져와 또다시 글자를 적었다.

단월신검(斷月神劍).
천유신보(天流神步).
백룡신권(白龍神拳).

각각의 종이에 그렇게 적은 종삼이 먹이 마를 때까지 기다렸다.

잠시 후, 먹이 마른 종이를 각각 규화공, 단월검, 천유보, 백룡권이라고 적힌 서책에 조심스럽게 붙이기 시작했다.

종이를 붙인 종삼은 자신의 앞에 서책들을 늘어놓고 살짝 인상을 찌푸렸다.

서책은 많이 낡았는데 그 위에 붙어 있는 종이는 너무나 깨끗했기 때문이다.

책만 낡고 제목을 적은 종이는 그대로일 수 없건만 그것까지는 생각하지 못한 것이다.

"뭐, 어떻게든 되겠지."

그렇게 중얼거린 종삼이 곤히 자고 있는 상천을 바라보았다.

"익히는 동안만이라도 기분 좋게 익히려무나."

자고 있는 상천에게 독백하듯 나직이 이야기한 종삼의 얼굴에는 미안함과 슬픔이 묻어나고 있었다.

다음날 아침.

역시나 해가 중천에 뜬 시간에 졸린 눈을 비비며 일어난 상천은 밖으로 나갔다.

상천은 기지개를 켜던 자세 그대로 의외라는 표정을 지었다.

며칠 동안 그랬듯이 오늘도 밖에 나가고 없을 줄 알았던 종삼이 무서운 표정으로 자신을 바라보며 연무장 한가운데에 뒷짐을 진 채 서 있었기 때문이다.

"지금 시간이 몇 시인데 이제 일어나느냐! 그러면서 지금까지 무공을 가르쳐 달라고 졸랐단 말이냐!"

난데없는 호통에 당황한 상천이 슬그머니 팔을 내리며 고개를 숙였다. 혼을 내기에 자신이 잘못한 것이라 생각하던 상천이 문득 고개를 들고 소리를 버럭 질렀다.

"진작 무공 가르쳐 준다고 했으면 일찍 일어났을 거 아니야! 말도 안 해줘놓고서는!"

상천의 말에 종삼은 순간 말문이 막혔지만 가까스로 표정을 유지했다.

'조그만 녀석이 성질머리하고는! 이렇게 지면 안 되지!'

속으로 그렇게 생각한 종삼이 다시 한 번 버럭 화를 내었다.

"어디 제자가 사부한테 버럭버럭 소리를 지르느냐! 예의 없는 녀석 같으니라고!"

"무공도 안 가르쳐 주면서 무슨 사부야!"

종삼의 호통에 상천도 지지 않고 소리를 지르며 맞섰다.

툭!

상천의 그 말을 기다리기라도 했다는 듯 종삼이 서책 하나를 바닥에 툭 던졌다.

"뭐야, 이건?"

그렇게 중얼거린 상천이 서책을 집어 들었다. 상천이 집어 든 서책에는 '규화신공'이라고 적혀 있었다.

간밤에 종삼이 정성스럽게 적어 붙인 하얀 종이가 햇살을 받아 더욱 하얀 빛을 뿜어내고 있었다.

“뭐라고 쓰여 있는 거야?”

상천이 인상을 찌푸린 채 종삼을 바라보며 물었다. 그러자 종삼의 얼굴에 당황한 기색이 역력했다.

‘아뿔싸! 글을 읽을 줄 모르는구나!’

전혀 예상하지 못한 일이었다.

원래대로라면 자신이 던져준 서책을 받아 든 상천이 ‘규화신공’이라 적힌 것을 보고 놀라며 자신을 우러러보는 상황이 펼쳐지고 있어야 한다.

무려 ‘신공’을 가르쳐 주는데 사부를 존경하지 않을 제자가 어디 있겠는가?

‘물론 저 녀석은 그러지 않았을지도 모르지만.’

속으로 그렇게 중얼거린 종삼이 작게 한숨을 쉬고는 입을 열었다.

“규화신공이라고 적혀 있다. 본 문의 내공심법이지. 글을 못 읽느냐?”

“어. 누가 가르쳐 준 적이 있어야지.”

그렇게 중얼거리며 상천이 서책을 들춰보았다. 하지만 글을 읽지 못하는데 들춰본들 무엇하랴. 이내 싫증을 느낀 상천이 서책을 덮고 종삼을 바라보았다.

“이거 대단한 거야?”

“허!”

상천의 물음에 종삼이 어처구니없다는 반응을 보였다.

‘뭐, 신공이라 일러줬을 때 아무런 반응 없는 거 보고 예상했다.’

다시 한 번 속으로 그렇게 중얼거린 종삼이 헛기침을 한 번 하고는 이야기를 풀어놓았다.

“무당파는 들어봤겠지?”

“들어봤지. 그런데 무당파가 왜 나와?”

“말 끊지 말고!”

“칫!”

종삼의 말에 상천이 입을 삐쭉 내밀었다. 그러자 종삼이 다시 한 번 헛기침을 하고는 말을 이었다.

“험험! 무당파의 대표적인 내공심법이 바로 태극 ‘신’ 공이다. 화산파의 내공심법 역시 자하 ‘신’ 공이지.”

무당파의 태극신공과 화산파의 자하신공을 이야기하며 일부러 ‘신’ 이라는 글자에 힘을 주는 종삼이었다.

“그런데?”

“이런 멍청한 녀석!”

무슨 말인지 모르겠다는 상천의 반응에 종삼이 답답하다는 듯 언성을 높였다.

“천하를 호령하는 문파의 내공심법은 전부 다 ‘신공’ 이라 불린단 말이다! 네가 들고 있는 그것 역시 ‘신공’ 이다! 이래도 무슨 말인지 모르겠느냐?”

“아~ 그런 거였어?”

생각보다 미온적인 상천의 반응에 종삼은 기운이 쫙 빠지는 것을 느꼈다.

"하, 네 녀석을 어디서부터 어떻게 가르쳐야 할지 모르겠구나."

"일단 글부터 가르쳐 줘. 글을 알아야 이걸 익히든 말든 할 거 아니야?"

종삼의 말에 상천이 퉁명스럽게 대꾸했다.

"그래, 글부터 배우자꾸나."

힘없이 대답한 종삼이 상천에게로 걸어가 규화신공을 빼앗았다.

"글 다 배우면 그때 다시 주마."

그렇게 말하며 안으로 들어가는 종삼의 뒷모습은 축 처져 있었다.

다음날부터 상천의 글 배우기가 시작되었다.

종삼은 상천에게 무공을 가르치는 것은 제쳐 두고 오로지 글을 가르치는 데에만 신경을 썼다.

그렇다고 조급해하지는 않았다.

천자문부터 차근차근 상천에게 가르쳤다.

다행인 것은 상천의 머리가 좋다는 점이었다. 다만 집중력이 조금 떨어지고 잔꾀를 부리기 일쑤였다.

쏴아아!

상천이 글을 배우기 시작하고 나흘째 되는 날,

하늘에 구멍이 뚫리기라도 한 듯 폭우가 쏟아졌다. 길거리를 돌아다니는 사람은 거의 없었고, 그나마 다급한 발걸음을 옮기는 사람들은 애써 키우던 농작물이 혹시나 해를 입지 않을까 하는 걱정 때문에 논밭으로 향하는 사람들이 대부분이었다.

워낙 허름하여 물이 새지 않을까 걱정스러웠던 건물은 다행히 폭우에도 끄떡없었다.

덕분에 상천은 시원한 빗소리를 벗 삼아 종삼으로부터 글을 배울 수 있었다.

쏴아아아!

"일(日), 월(月), 영(盈), 측(昃). 일월영측, 해는 서쪽으로 기울고 달도 차면 점차 이지러진다. 즉, 우주의 진리를 일컫는 말이다."

밖에서 퍼붓는 빗소리와 종삼의 목소리가 뒤섞여 상천의 귓속을 파고들었다.

하지만 상천의 두 눈은 이미 반쯤 감겨 있는 상태였다. 쏟아지는 졸음을 억지로 참아내며 지금까지 버틴 것만으로도 용했다.

딱!

"악!"

어느새 종삼의 손에 회초리 하나가 들려 있었고, 상천은 머리를 감싸고 비명을 질렀다.

"또 존다!"

"누가 졸았다고!"

머리가 제법 아팠는지 상천이 오만 가지 인상을 쓰며 버럭 소리를 질렀다.

"안 졸았다고? 그럼 내가 방금 뭐라고 했지? 읊어봐!"

종삼의 기습적인 질문에 상천이 순간 당황하며 연신 두 눈을 굴렸다. 딱 봐도 모르는 눈치. 그러자 종삼이 다시 한 번 회초리를 들었다.

"잠깐! 저 빗소리 때문에 제대로 못 들었다고!"

쏴아아아!

그런 상천의 말에 호응이라도 하듯이 순간적으로 빗줄기가 더 거세졌다.

"말이나 못하면! 넌 어떻게 잔머리만 그렇게 잘 굴러가는지 모르겠다."

종삼이 회초리를 내려놓으며 조금은 누그러진 목소리로 말했다.

"다시 한 번 말해줄 테니 이번에는 똑똑히 들어라!"

"일월… 뭐였던 거 같은데……. 일월양착? 운등영착? 맞나? 아닌가?"

"일월영측!"

"아, 맞다! 일월영측! 그러니까 해는 저물고 달도 때 되면 찌그러진다, 뭐 그런 거잖아? 맞지?"

종삼의 말에 상천이 손뼉을 딱 치며 말했다.

"맞다."

완벽한 것은 아니었지만 거의 비슷하게 맞힌 상천을 보며 종삼이 살짝 못마땅하다는 듯 대답했다.

"하하! 거봐. 안 졸았다니까. 아깝다~! 저 비만 아니었어도 정확히 맞히는 건데!"

종삼의 대답에 상천이 너스레를 떨었다. 그러자 그 모습을 한심스럽게 쳐다본 종삼이 한마디 내뱉었다.

"넌 어디 가서 굶어 죽진 않겠구나. 그 잔머리면."

"그러니까 지금까지 살아남았지."

아무렇지도 않게 툭 던진 상천의 말에 괜히 머쓱해진 종삼이 창밖으로 시선을 돌렸다.

조금 전까지 시원하게 퍼붓던 빗줄기도 어느샌가 많이 가늘어져 있었다.

"비도 제법 그쳤구나. 오늘 가르쳐 준 부분까지 오십 번씩 써라."

"으익! 오십 번?!"

종삼의 말에 상천이 두 눈을 크게 뜨고는 도리질을 치며 말했다.

"그래, 오십 번."

하지만 종삼은 절대 못하겠다는 상천의 반응을 무시한 채

딱 잘라 말했다.

"안 돼! 절대 못해! 오십 번을 어떻게 써?"

상천이 목에 핏대까지 세우며 발악을 했다. 그러자 종삼이 두 눈을 한 번 부릅뜨고는 말했다.

"쓰읍! 시키는 대로 안 할래? 무공 배우기 싫어?"

종삼의 말에 상천이 입을 빼쭉 내밀고는 작은 목소리로 중얼거렸다.

"세상에, 어른이 애한테 협박하네."

하지만 종삼이 그것을 못 들었을 리 없다.

"애는 애지. 근데 애가 애 같지 않고 애늙은이 같아서 그렇지."

그 말에 상천이 어처구니없다는 반응을 보였다.

"내가 어딜 봐서! 나처럼 완벽하게 애 같은 애가 어딨다고?"

그러자 이번에는 종삼이 어이없다는 표정을 지으며 상천을 바라보았다.

"방금 전에 백 번 쓰라는 말이 여기까지 올라왔다가 내려갔다."

종삼이 자신의 턱밑을 손가락으로 가리키며 말하자 상천이 표정을 누그러뜨리며 얌전히 붓과 종이를 준비하기 시작했다.

"그럼 난 좀 나갔다 오마."

종삼이 자신의 앞에 있는 책상을 치우며 자리에서 일어났다. 그러자 상천이 그를 올려다보며 물었다.

"어디 가?"

상천의 물음에 종삼이 그를 한번 흘깃 바라보며 말했다.

"어른은 어른 나름대로 밖에서 할 일이 있는 법이다. 그러니 신경 꺼."

"설마… 이거?"

의미심장한 미소를 지은 채 상천이 새끼손가락을 들어 올리며 물었다. 그러자 종삼이 한숨을 푹 쉬더니 상천의 앞에 쪼그려 앉으며 손으로 가까이 오라는 시늉을 했다.

그러자 호기심 가득한 눈을 한 상천이 무릎걸음으로 빠르게 종삼에게 다가갔다.

가까이 온 상천의 귓가에 손을 댄 종삼이 주변을 한 번 보고는 나직이 말했다.

"이건 비밀이야. 너만 알고 있어."

그러자 상천이 알겠다는 듯 연신 고개를 끄덕였다. 잠시 뜸을 들인 종삼이 다시 한 번 주변을 훑고는 한마디 던졌다.

"이상한 소리 하지 말고 백 번씩 써."

"뭐?!"

종삼의 말에 상천이 소스라치게 놀라며 당했다는 표정으로 그를 바라보았다.

그런 상천을 뒤로하고 종삼은 뒷짐을 진 채 느긋한 발걸음으로 출타를 했다.

"으아아아악!"

문파 밖으로 발걸음을 옮기는 종삼의 귓가에 상천의 처절
한 절규가 울려 퍼졌다.

第二章
삭풍(削風)

시작은 어려웠지만 상천은 제법 글을 빠르게 익혀갔다. 처음에는 지루해하고 집중도 잘하지 못했지만 아는 글자가 생겨 조금씩 뭔가를 읽을 수 있게 되자 재미가 붙어 익히는 속도는 점점 빨라지고 있었다.

천자문을 시작하여 처음 오십 번째까지는 한 달 가까이 걸렸는데 그 이후부터는 일사천리였다.

익히기 시작한 지 두 달 만에 천자문을 떼었으니 한 달 동안 구백오십 자를 익힌 것이다.

글을 가르치면서 종삼은 상천에게 혈도를 함께 가르쳤다. 규화공을 익히기 위해서는 반드시 알아야 할 것이기 때문이었다.

천자문을 모두 뗀 상천은 본격적으로 종삼을 조르기 시작했다.

이제야 간단한 내용의 책을 읽을 수 있는 정도이면서 어려운 무공서를 보겠다고 난리를 치고 있으니 종삼은 두 손 두 발 다 들 수밖에 없었다.

"옜다! 먹고 떨어져라."

그렇게 말하며 종삼이 규화신공을 툭 던져 주었다.

그러자 '오~!' 하는 감탄사를 연발하며 상천이 조심스레 서책을 펼쳐 보았다.

기대에 찬 눈빛으로 서책을 펼친 상천은 첫 장을 넘기기도 전에 인상을 찌푸리더니 이내 집어 던져 버렸다.

"뭐가 이렇게 어려워?!"

그런 상천을 보며 종삼이 눈을 흘기며 말했다.

"그럼 쉬울 줄 알았느냐? 잠시 외출할 테니 잘 읽어보고 있어."

"또 나가? 맨날 어디 가는 거야?"

달랑 무공서만 던져 주고 가르쳐 줄 생각이 없어 보이는 종삼을 보며 상천이 또 한 번 투정을 부렸다.

"어른들 하는 일에 애가 끼어드는 거 아니라고 했지? 그러니까 얌전히 앉아서 그거나 읽고 있어. 외울 수 있으면 외워 봐."

그렇게 말한 종삼이 몸을 돌리려는데 상천이 또 한 번 소리를 질렀다.

"외우라고? 겨우 읽는 사람한테 외우라니! 말도 안 돼!"

"그럼 말고. 다녀오마."

가볍게 한마디 툭 던진 종삼이 밖으로 나갔다. 상천은 그런 종삼에게 신경 쓰지 않고 이내 그가 던져 준 규화신공에 빠져들었다.

종삼이 나간 후 혼자 남은 상천은 어렵사리 무공서를 읽어 가고 있었다.

비록 읽는 데 급급한 수준이었지만 상천은 나름 열심히 읽고 있었다. 다행스럽게도 글만 있는 것이 아니라 간단한 그림도 섞여 있어 이해하는 데 조금이나마 도움이 되었다.

종삼에게 글을 배울 때와 달리, 그리고 그가 외출하기 전과 달리 상천은 제법 집중하고 있었다.

아직 읽는 것에 익숙지 않아서 그런 것도 있었지만 말로만 듣던 무공이 어떤 것인지 알 수 있다는 기대감과 설렘 때문이기도 했다.

하지만 그런 상천의 의욕과 달리 그가 알 수 있는 것은 많지 않았다.

무공이라는 것이 단순히 무공서를 읽는다고 해서 누구나 익힐 수 있는 것이라면 세상천지에 무공을 익히지 못할 사람이 어디 있겠는가?

　그래도 상천은 한껏 들뜬 마음으로 책장을 넘기며 무공서에 빠져들었다.

　종삼이 돌아온 것은 날이 어둑해졌을 무렵이었다.

　해가 떨어지기 시작하자 얼마 지나지 않았는데도 사위가 제법 빨리 어두워지고 있었다.

　많이 어두워졌는데도 상천이 있을 방 안에서 불빛이 보이지 않자 종삼은 자고 있을 것으로 생각하고 걸음걸이를 조용히 하여 안으로 들어갔다.

　"아저씨 왔어? 그럼 불 좀 켜줘!"

　문을 열고 안으로 들어가자마자 들려온 상천의 목소리에 종삼은 화들짝 놀라 호롱불을 켰다.

　불이 켜지고 실내가 환해지자 쪼그려 앉아 책에 두 눈을 최대한 가까이 붙이고 있는 상천의 모습이 보였다.

　"으~ 눈부셔!"

　"안 자고 있었느냐?"

　"잠이 와야 자지. 불 켜는 거 깜빡했는데 순식간에 어두워져서 책 읽는 데 힘들었어. 고마워, 아저씨."

　그렇게 말한 상천이 밝은 빛에 눈을 적응시키려는 듯 계속해서 껌뻑거렸다.

　그런 상천에게서 시선을 뗀 종삼은 그 앞에 놓여 있는 무공

서를 바라보았다. 제법 많은 분량을 읽었는지 넘긴 책장 두께
가 꽤 두꺼웠다.

"많이 읽었구나."

"어. 근데 무슨 말인지 하나도 모르겠어."

상천이 고개를 한 번 끄덕이고는 이내 또다시 투덜거렸다.

"한 번 읽고 이해가 되면 그게 신공이겠느냐?"

그렇게 말하며 종삼이 상천의 앞에 있는 무공서를 덮었다.

"오늘은 이 정도로 만족하고 내일부터 제대로 규화신공을
가르쳐 주마."

"오~ 진짜?"

"그래."

"아싸!"

종삼의 말에 상천이 자리에서 벌떡 일어나 환호성을 질렀
다. 그 모습에 종삼이 미소를 지으며 물었다.

"그렇게 좋으냐?"

"당연하지! 이제 나도 빨리 뛰고 멀리 보고 높이 뛸 수 있는
거잖아?"

"그런 건 또 어디서 들었느냐?"

종삼의 물음에 상천이 자신의 가슴을 주먹으로 툭툭 치며
말했다.

"내가 이래 봬도 길바닥에서 제법 굴러먹었잖아."

상천의 말에 종삼이 실소를 머금었다.

아무리 길바닥에서 생활을 했다 한들 가끔 보면 열 살 어린 나이라고는 믿기지 않은 말들을 쏟아내는 상천이었다.

"오늘은 날이 많이 어두워졌으니 이만 자자꾸나. 나도 피곤하다."

"벌써? 얼마 안 된 거 같은데……. 나 그거 좀 더 읽다 자면 안 돼?"

상천이 규화신공 무공서를 가리키며 말했다.

"그럼 그렇게 해라. 난 잘 테니."

그러면서 종삼이 자리를 깔고 누웠다. 그리고는 얼마 지나지 않아 코까지 골며 잠에 빠져들었다.

"아! 코도 곯아?"

코 고는 소리에 인상을 찌푸리며 종삼을 한번 바라본 상천이 다시 규화신공을 펼쳐 들고 읽어 내려가기 시작했다.

*　　　*　　　*

시간은 쏜살같이 흘러갔다.

상천이 종삼을 따라 백룡문에 온 지도 일 년이 흘러가고 있었다.

그사이 두 사람 모두에게 많은 변화가 있었다.

종삼은 흰머리가 조금씩 늘어가고 있었고, 상천은 체격이 제법 커지고 있었다.

처음에는 종삼의 가슴팍 정도의 키였던 상천이 지금은 어깨를 조금 넘어서고 있었다.

열 살을 갓 넘은 아이의 키라고 보기에는 또래보다 한 뼘 정도는 더 큰 상천이다.

겉으로 보이는 변화도 있었지만 내부적인 변화도 있었다.

상천이 글을 읽고 어느 정도 이해할 수 있는 수준에 이르자 종삼이 본격적으로 규화신공을 가르치기 시작한 것이다.

상천이 그를 따라 백룡문에 온 지 두 달 조금 지난 날부터였다.

규화신공, 아니, 규화공은 절세의 내공심법이 아니었다.

그저 일반적인 토납법보다는 뛰어나고 상승의 내공심법에 비해 한참 부족한 수준의 심법이었다.

어린 상천이, 한창 기대하고 있는 상천이 상처 받지 않게 하기 위해 규화공 사이에 '신'이라는 글자를 써 넣었지만 가르치는 내내 종삼의 마음 한쪽에는 그것이 짐으로 남아 있었다.

하지만 그런 것을 아는지 모르는지 상천은 종삼이 가르치는 것을 제법 잘 따라오고 있었다.

그런 상천을 보며 종삼은 내심 흐뭇했지만 겉으로 내색하지는 않고 있었다.

가벼운 상천의 성격상 그런 것을 전부 보이면 자만하고 마냥 들뜨기만 할 것 같았기 때문이다.

그래서 평소 생활할 때와 달리 무공을 가르칠 때만큼은 종삼도 진지하고 엄한 태도를 고수하고 있었다.

보통 무공을 가르치는 사부가 엄하게 나오면 제자가 숙일 법도 하건만 상천은 그러지 않았다.

하기 싫은 것, 자신이 생각하기에 왜 해야 하는지 이해가 가지 않는 것이 있으면 꼭 따져 물어야 직성이 풀렸다. 그때마다 종삼이 이유를 설명했다.

그렇다고 한 번에 수긍하는 법이 없었지만 결국에 가서는 종삼이 시키는 대로 수련에 임했다.

그 결과 백룡문에 온 지 일 년 만에, 규화공을 수련한 지 팔 개월 만에 이성에 올라 있었다.

'이젠 단월검을 가르쳐도 되겠구나.'

가부좌를 틀고 운공을 하고 있는 상천을 보며 종삼이 속으로 중얼거렸다.

규화공을 익혀가는 상천의 속도는 자신이 처음 시작했을 때에 비하면 굉장히 빨랐다. 종삼은 규화공 수련을 시작하고 육 개월 만에 일성에 접어들었으니 상당히 빠른 속도였다.

'어쩌면……'

속으로 그렇게 생각하던 종삼이 이내 고개를 저었다.

'문파의 명맥을 이어주는 것만으로도 고마운 아이다. 너무 욕심 부리지 말자.'

그렇게 생각한 종삼은 상천이 운공을 마칠 때까지 조용히 기다리고 있었다.

잠시 후, 상천이 운공을 마치고 눈을 뜨며 말했다.

"할 때마다 신기하단 말이야? 하고 나면 머리가 맑아지는 거 같아. 너무 좋다."

그렇게 말하며 상천이 씩 웃었다.

"뭐가 좋아서 그렇게 실실거리느냐? 그러니 신공인 거다."

종삼이 당연한 것 아니냐는 듯 말하자 상천이 힐끗 눈을 흘기며 그를 바라보았다.

"따라와라. 오늘은 또 다른 걸 가르쳐 주마."

"오! 진짜? 뭔데? 뭔데?"

"잔말 말고 따라오기나 해!"

눈을 흘겼던 상천이 어느새 표정을 풀고 초롱초롱한 눈빛으로 종삼을 따라 나섰다.

잡초가 무성했던 연무장으로 상천을 데려간 종삼은 미리 준비해 둔 낡은 목검 하나를 상천에게 건넸다.

"목검? 검법 가르쳐 주는 거야?"

"그래. 가르쳐 줄 검법은 단월신검이다."

"오~! 이름 멋있다!"

단월신검이라는 이름에 상천의 기대감은 최고조로 올라갔다. 그리고 부담스런 눈빛으로 어서 가르쳐 달라는 듯 종삼을 바라보았다.

“일단 첫 번째 초식부터 가르쳐 주마.”

“하나만?”

“그래. 하나만.”

종삼의 대답에 상천의 표정이 시무룩해졌다.

규화공을 배우고 익히면서 신기하고 즐겁기는 했지만 몸으로 움직이는 것이 아니었기에 좀이 쑤셨던 상천이다.

그랬기에 검법을 가르쳐 준다고 했을 때 한껏 들떴는데 고작 한 초식만 가르쳐 준다고 하니 실망한 것이다.

“한 초식이라도 제대로 익힐 수 있을 것 같으냐? 단월신검은 그렇게 호락호락한 검법이 아니다.”

“쳇! 그래도!”

“안 가르쳐 준다?”

종삼의 말에 상천이 입을 꿰매기라도 한 듯 앙다물고 고개를 저었다.

“단월신검 제일 초식의 이름은 ‘삭풍(削風)’ 이다.”

“오~! 멋있다!”

초식 명을 들은 상천의 기대감은 또 한 번 올라갔다. 그런 상천의 반응에 종삼의 어깨에 힘이 들어갔다.

“에헴! 잘 봐라. 이게 삭풍이다.”

쉬익!

종삼이 대각선으로 검을 한 번 내리그었다. 그리고 상천은 그 모습을 뚫어져라 쳐다보고 있었다.

검을 휘두른 종삼은 그 자세로 가만히 있었다.

그리고 상천도 계속해서 그 모습을 보고 있었다.

둘 사이에 흐르는 침묵.

그것을 먼저 깬 것은 상천이었다.

“끝?”

“끝.”

“진짜?”

“진짜.”

“에게! 이게 뭐야! 달랑 이거야?”

상천이 말도 안 된다는 표정과 행동을 보이자 종삼이 진지한 표정으로 나직이 말했다.

“단순히 대각선으로 휘두르는 칼질 한 번이라고 생각하면 오산이다.”

“그럼? 그럼 뭔데? 이건 나도 하겠다!”

그렇게 말하며 상천이 종삼이 했던 그대로 따라 했다.

쉬익!

똑같은 궤도와 똑같은 속도, 그리고 똑같은 자세까지.

누가 봐도 종삼이 펼쳐 보인 것과 상천이 펼친 것은 완벽하게 똑같았다.

“그게 아니야!”

하지만 종삼은 고개를 저었다.

“뭐가 아니야! 똑같구만!”

종삼의 말에 상천이 발끈하며 물었다.

"단순히 궤적, 속도, 동작만 똑같다고 해서 다 똑같은 게 아니다. 네가 휘두른 그 검으로 바람을 벨 수 있겠느냐?"

종삼의 말에 상천이 멍한 표정을 지었다.

보이지도 않는 바람을 어찌 벤단 말인가?

"그 초식의 이름이 왜 삭풍이겠느냐? 초식 명은 멋으로 붙이는 게 아니다. 다 이유가 있기 때문에 붙이는 거다."

종삼의 말에 상천이 고개를 갸웃거렸다.

"바람을 벨 수 있어?"

"있다."

단호하게 말하는 종삼을 보며 상천이 이해가 안 간다는 표정을 지었다.

"그 초식으로 바람을 벨 수 있을 때, 삭풍을 다 익혔다고 할 수 있을 것이다."

그렇게 말한 종삼이 몸을 돌려 안으로 발걸음을 옮겼다.

때마침 바람이 한줄기 불어왔다.

상천은 서둘러 방금 종삼이 가르쳐 준 초식대로 검을 휘둘러보았다.

하지만 바람은 그 초식을 비웃기라도 하듯 목검을 사뿐히 피해 상천의 머리카락을 흩날리고 지나갔다.

그날부터 상천의 단월검 일초식 삭풍 수련이 시작되었다.

목검을 잡은 손에 물집이 잡히고 터져 나갈 정도로 굵은 땀방울을 흘리며 노력하는 상천이었지만 종삼이 말한 삭풍에 접근하지 못하고 있었다.

"그렇게 휘둘러서 바람을 벨 수 있겠어?"

"야, 그거는 베는 게 아니라 후려치는 거지!"

"무식하게 힘으로만 하려고 하지 말라니까?"

"그게 아니잖아!"

상천이 수련하는 것을 보며 종삼은 쉬지 않고 떠들었다. 처음에는 욱하는 대신 종삼의 말을 새겨들으며 열심히 수련에 임했지만 계속 잔소리만 들어놓는 데에 짜증이 나기 시작했다.

"너 검으로 사람 뼈 부러뜨릴래?"

"아, 쫌!"

결국 수련을 하던 상천이 종삼의 잔소리에 폭발하고 말았다. 휘두르던 검을 내려놓고는 종삼에게 버럭 소리를 질렀다.

"왜? 뭐?"

상천이 소리를 지르자 순간 움찔했던 종삼이 허리를 꼿꼿이 세우며 상천에게 물었다.

"수련하는데 자꾸 잔소리할 거야?!"

상천도 지지 않고 큰 소리로 맞받아쳤다.

"다 너 잘되라고 하는 소리다."

"그럼 뭔가 제대로 가르쳐 주든가!"

"가르쳐 주고 있잖아!"

종삼의 말에 상천이 어이가 없어 말을 잇지 못했다.

"네 말대로 내가 지금까지 한 잔소리가 다 그냥 내 기분 따라 한 건 줄 아느냐? 다 도움이 되는 말이다. 그걸 한 귀로 듣고 한 귀로 흘려버릴 생각만 하지 말고 좀 되새겨 봐!"

종삼의 호통에 상천이 입을 빼쭉 내밀고는 다시 검을 주워 들었다.

"상(想), 행(行), 감(感), 오(悟). 다시 말해 무공 수련은 생각하고 행하고 느끼고 깨닫는 것이 하나가 되어야 한다. 넌 지금 뭔가가 빠져 있어."

그렇게 말하며 돌아선 종삼이 백룡문 밖으로 발걸음을 옮겼다.

마지막에 종삼이 남긴 말을 곱씹으며 검을 들고 서 있는 상천의 머리 위로 중천에 떠오른 해가 뜨거운 햇볕을 내리쬐고 있었다.

종삼의 말을 들은 이후로 상천은 무조건 검만 휘둘러서 되는 일이 아니라는 것을 어렴풋이 알게 되었다.

그래서 이제는 검을 휘두르는 시간보다는 감(感), 오(悟), 다시 말해 느끼고 깨달으려는 노력도 하기 시작했다.

'삭풍. 바람을 벤다. 베는 것과 바람. 이 두 가지.'

비록 어린 나이지만 필사적으로 머리를 굴린 결과 베는 것이 어떤 것인지, 그리고 바람이 무엇인지 제대로 알고 느껴야 깨달을 수 있다는 결론을 얻어내었다.

'그런데 그걸 느끼려면 어떻게 해야 되는 거야?

또 막막해졌다.

베는 느낌.

실제로 무언가를 베어본 적이 없어 그 감촉을 알지 못했고, 그렇다고 베는 것을 옆에서 본 적도 없기 때문에 어떻게 와 닿는지 알 수가 없었다.

"으~!! 무공이라는 게 이렇게나 어려운 거였나?"

상천이 머리를 박박 긁으며 답답한 마음에 소리를 질렀다.

"벤다… 벤다… 벤다……."

그렇게 중얼거리던 상천이 연무장에 벌러덩 드러누웠다. 그리고는 옆에 삐죽 올라와 있는 잡초에 시선을 옮겼다.

처음 이곳에 왔을 때 허리 높이까지 자라 있던 잡초 대부분은 종삼이 이미 깔끔하게 베어버린 상태였다. 하지만 제대로 관리를 하지 못하다 보니 어느새 다시 슬금슬금 머리를 내밀고 있는 상황이었다.

"일단 풀부터 베어볼까?"

그렇게 중얼거린 상천이 상체를 일으켜 세워 앉았다. 그리고는 잠시 주변을 두리번거리더니 자리에서 일어났다.

"여기 어디 낫이 있을 텐데……."

그렇게 중얼거리며 백룡문 곳곳을 돌아다니던 상천이 한

쪽에 아무렇게나 놓여 있는 녹슨 낫 하나를 발견하고는 양손
으로 번갈아 쥐며 연무장으로 돌아왔다.

"이렇게… 였던가?"

그렇게 중얼거린 상천이 연무장 돌바닥 사이를 비집고 나
온 잡초의 끝을 엄지와 검지를 이용해 살짝 잡고는 잡초 밑
부분을 낫으로 스윽 그었다.

"뭐야? 안 베이잖아!"

하지만 정작 잡초는 베이지 않고 낫을 따라 휘어지기만 할
뿐이었다.

"우쒸! 뭐야, 이거! 녹슬어서 그런가?"

그렇게 중얼거리며 낫을 이리저리 돌려 보던 상천이 손끝
으로 낫의 날을 살짝 찔러보았다.

"악!"

잘못 찔렀는지 상천의 손이 얇게 베이며 피가 흘렀다. 균이
있든 없든 일단 본능적으로 상처 부위를 입으로 가져간 상천
이 인상을 찌푸렸다.

"뭐야~ 날은 잘 서 있네! 아이고, 아파라!"

그렇게 중얼거리며 피가 멈출 때까지 입으로 빤 상천이 손
가락을 옷에 아무렇게나 대충 닦고는 다시 풀을 잡았다.

"왜 안 잘리는 거야?"

상천이 다시 한 번 풀을 낫으로 베어보았다. 하지만 결과는
이번에도 마찬가지였다.

“아저씨는 잘만 하는 것 같았는데… 왜 난 안 되지?”

그렇게 말하며 상천이 또 한 번 손으로 머리를 벅벅 긁었다.

“다시!”

그러면서 다시금 상천이 풀을 잡았다.

베는 느낌 한번 경험해 보려다가 오기가 생겨 버린 상천이었다.

오늘은 조금 일찍 저녁노을이 하늘을 붉게 물들일 즈음 돌아온 종삼은 연무장에 쭈그려 앉아 있는 상천을 볼 수 있었다.

‘뭐 하는 거지?’

등을 지고 앉아 있어 상천이 무엇을 하고 있는지 알 수 없었던 종삼은 고개를 갸웃거리며 그 뒤로 슬금슬금 다가갔다.

상천의 등 뒤에서 살짝 고개를 들이밀고 뭘 하는지 본 종삼은 낫으로 풀을 베고 있는 상천을 보며 나직이 물었다.

“재밌냐?”

“재밌어 보이냐?”

“재미없어? 그런데 왜 해?”

“어떻게 하다 보니……. 으잉?”

종삼의 말에 무의식적으로 대꾸하던 상천이 뭔가 이상한 것을 느끼고 슬쩍 고개를 돌려 뒤를 보았다.

“뭐하냐?”

“아! 아저씨! 잘 왔어. 이거 어떻게 해?”

“잡초는 왜? 철들었냐?”

종삼의 물음에 상천이 인상을 찌푸리고는 잡초와 낫을 번갈아 가리키며 물었다.

“저 낫으로 풀 어떻게 베? 난 왜 안 되지?”

“그러니까 그걸 지금 왜 하고 있냐고. 무공 수련은 안 하고.”

종삼이 답답하다는 듯 물었다. 그러자 상천이 아무렇지도 않게 대꾸했다.

“베는 느낌이 뭔지 알고 싶어서.”

“베는 느낌?”

“어. 베는 느낌. 초식 이름이 삭풍이잖아. 바람을 벤다. 그럼 베는 느낌이 뭔지를 알아야 감이 올 거 같아서.”

상천의 말에 종삼은 기특함을 느꼈다.

어린 나이에 머리로 거기까지 생각하고 그것을 넘어 구체적인 방법까지 생각해 내는 게 쉽지는 않았을 텐데 베는 느낌을 알기 위해 풀을 벨 생각을 했다는 사실에 대단하기도 하고 기특하기도 했다.

“그런 것도 못하냐? 다섯 살 먹은 어린애도 하겠다.”

“칫!”

종삼의 핀잔에 상천이 짧게 투덜거렸다.

“이리 줘봐. 잡초를 이렇게 잡고 여기를 베는 거다.”

“나도 그렇게 했는데?”

종삼이 하는 것을 잘 보고 있던 상천이 답답하다는 듯 말했다.

“어떻게 했는데? 해봐.”

그렇게 말하며 종삼이 상천에게 낫을 건네주었다.

“여기를 이렇게 잡고, 그리고 이 밑부분을 이렇게! 거봐! 안 되잖아!”

종삼이 할 때와 달리 상천이 했을 때에는 베이지 않았다.

“그렇게 하니까 안 되지. 내놔봐.”

그러면서 종삼이 상천의 낫을 빼앗아 들었다.

“뭐가 다르지?”

“잘 봐. 그냥 이렇게 잡아당겨 봤자 절대 안 베인다. 잡초라는 놈들은 굉장히 끈질기거든. 어지간해서는 죽지도 않아.”

그렇게 말하며 종삼이 잡초의 밑부분에 낫을 두고는 상천을 한번 쳐다보았다.

“이렇게 한 다음에 한 번에 힘을 빡! 주는 거야. 낫과 풀이 만나는 순간에.”

“아!”

상천이 알겠다는 듯 고개를 끄덕이며 탄성을 질렀다.

“해봐.”

“알았어. 이번에는 베고 만다.”

방법을 터득한 상천이 종삼으로부터 낫을 건네받고는 자신만만한 표정을 지었다.

“낫을 여기다가 이렇게 놓고… 잡초랑 낫이랑 만나는 순간에 힘을 빡!”

싹둑!

“오! 됐다! 됐어! 아저씨! 됐어!”

종삼이 가르쳐 준 방법대로 하자 정말 풀이 베어졌다. 그러자 뭐 대단한 것이라도 해낸 것처럼 상천이 기뻐했다.

“뭐하냐? 고작 잡초 하나 벤 거 가지고 이렇게 기뻐하면 어떡해? 동네 창피하니 어디 가서 너 여기 산다고 하지 마라. 얼굴 들고 동네 못 돌아다니겠다.”

종삼이 상천에게 핀잔을 주었다. 그러자 상천이 금방 얼굴을 찌푸리며 입을 빼쭉 내밀었다.

“그렇게 좋으면 앞으로 연무장 풀은 네가 다 베라. 난 이제 허리 아파서 못하겠다.”

“뭐? 여기를 다?”

상천이 제법 넓은 연무장을 돌아보며 물었다. 그러자 종삼이 심드렁하게 대답했다.

“어.”

“말도 안 돼. 나 무공 수련 해야지!”

“수련해도 잘 늘지도 않으면서 무슨.”

“안 되니까 더 많이 해야지, 풀 벨 시간이 어덨어?”

“과유불급이라는 말도 모르냐?”

“과… 뭐?”

종삼의 말에 상천이 멍한 표정으로 되물었다.

“그새 까먹었냐?”

“아, 아냐! 안 까먹었어. 근데 뭐랬지?”

“과!유!불!급!”

능청스럽게 다시 묻는 상천을 어이없는 눈으로 쳐다본 종삼이 한 글자 한 글자 또박또박 말해주었다.

“아! 그거! 무리하면 안 좋다, 뭐 그런 거 아니었어?”

“하…….”

종삼이 한숨을 내쉬었다. 그러자 종삼의 눈치를 보던 상천이 스리슬쩍 물었다.

“왜, 틀렸어?”

“넌 왜 항상 정확하게 모르고 얼추 비슷하게, 아니면 애매하게 아냐?”

종삼의 말에 상천이 배시시 웃으면서 대꾸했다.

“뭐 어때? 뜻만 통하면 되지. 하하! 어쨌건 베는 느낌이 이런 거였군. 검 휘두를 때에도 이렇게 해야겠다. 닿는 순간에 힘을 빡!”

그렇게 말하며 상천이 자리에서 일어나 목검을 가지러 걸어갔다.

"잠깐!"

"음? 왜?"

종삼이 자신을 불러 세우자 상천이 왜 그러냐는 표정으로 돌아보았다.

"뭐 잊은 거 없냐?"

"뭐? 뭘 잊었지?"

상천이 전혀 모르겠다는 표정으로 되물었다.

"제자리!"

"아, 맞다."

종삼이 바닥에 아무렇게나 놓여 있는 낫을 가리키며 짧게 말하자 상천이 이마를 탁 치며 쪼르르 달려갔다.

연무장 위에 아무렇게나 놔둔 낫을 집어 든 상천이 다른 손으로 머리를 긁적이며 중얼거렸다.

"근데, 이거 어디 있었지?"

"하……."

그렇게 말하는 상천을 보며 종삼이 또 한 번 한숨을 내쉬었다.

다음날부터 상천의 하루 일과에 또 한 가지가 추가되었다.

아침 일찍부터 규화공 수련을 하고, 그런 다음에 삭풍 수련을 하는 것까지는 지금까지와 똑같았다.

거기에 추가된 것이 바로 잡초 베기였다.

종삼이 시킨 것도 있었지만 베는 느낌을 좀 더 확실하게 느끼고자 했던 상천의 자발적인 면이 더 컸다.

"그래, 이거야! 이렇게 쉬운걸. 하하하!"

뭐가 그리 즐거운지 상천은 풀을 베면서 신이 나 있었다. 그런 상천의 모습을 처마 밑 그늘에 앉아 지켜보며 종삼이 혀를 찼다.

"쯧쯧쯧! 저놈이 이제 점점 미쳐 가는구나."

"안 미쳤거든!"

규화공의 성취가 이성에 오르고 삼성에 거의 다다르게 되자 상천의 청력도 예전에 비해 많이 좋아져 있었다.

"거 귀도 밝다."

"내가 한 귀 해. 하하하!"

상천의 대꾸에 종삼이 어이없다는 말투로 물었다.

"한 귀 하는 건 또 뭐야?"

"대충 알아들으면 되지 그걸 또 꼬치꼬치 캐물어요. 어른이 돼가지고는."

"그러는 넌 애가 돼가지고는 어른이 하는 말에 꼬박꼬박 말대꾸하냐?"

"쳇!"

종삼의 반격에 상천이 퉁명스럽게 한마디 내뱉었다.

"삭풍 수련은 잘돼가냐?"

"아니."

“얼른 익혀라.”

“나도 그러고 싶거든? 아~ 빨리 다음 거 배우고 싶다!”

“아~ 나도 빨리 다음 초식 가르치고 싶다!”

상천의 말에 종삼도 탄식하듯 한마디 내뱉었다.

그 말에 입만 빼쭉 내밀 뿐 조용히 풀을 베던 상천이 낫을 내려놓고는 두 팔을 번쩍 들어 올리며 외쳤다.

“끝! 오늘은 여기까지!”

그렇게 외친 상천이 낫을 제자리에 가져다 놓고는 종삼의 옆에 와 앉았다.

“땀 냄새 난다. 떨어져라.”

그 말 한마디에 상천이 종삼과 거리를 벌리며 엉덩이를 옆으로 슬쩍 밀었다.

“아저씨.”

“왜?”

“아저씨는 바람을 느껴봤어?”

“…그건 왜 물어?”

상천의 물음에 잠시 뜸을 들인 종삼이 되물었다.

“아니, 그냥… 궁금해서.”

“느껴봤지.”

“어땠어?”

‘이놈이 이런 걸 물을 정도가 됐나? 어떡하지?

상천의 물음에 조금 당황한 종삼이 잠시 생각에 잠겼다. 그리고는 살짝 인상을 찌푸리며 입을 열었다.

"말로 어떻게 표현해야 할지 모르겠다."

"그래?"

"어. 느낌은 사람마다 다른 거야. 내가 느낀 걸 알려줘 봤자 아무런 도움도 안 될 거다."

"그렇군."

그렇게 대답한 상천이 잠시 동안 입을 다물고 있었다.

"너 진짜 오늘 뭐 이상한 거 주워 먹었냐? 왜 이래?"

"뭐가?"

"이상한 소리를 하질 않나, 쓸데없이 진지하질 않나. 하던 대로 해라. 안 어울려."

종삼의 한마디에 상천이 작게 한숨을 내쉬며 말했다.

"후……. 답답해서 그래, 답답해서."

"답답해?"

"어. 마음먹은 대로 안 되니까 엄청 답답하네."

대답한 상천이 고개를 푹 숙였다.

그 모습이 왠지 모르게 안쓰럽게 보인 종삼이 속으로 생각했다.

'너무 이 녀석한테만 맡겨뒀나?'

종삼은 미안한 마음이 들었다.

처음 삭풍을 가르쳐 주고 수련하는 것을 보며 잔소리 몇 번 늘어놓기는 했지만 자신이 제대로 가르쳐 준 것은 전무하다고 해도 과언이 아니었다.

지금까지 상천 혼자 어찌어찌 잘해왔지만 어린 상천에게
는 처음 찾아온 벽이 엄청 높게 느껴질 수 있었다.

"하……."

상천이 또 한 번 한숨을 내쉬었다.

'이 녀석, 이러다가 심마(心魔)에 빠지는 거 아니야?'

그 생각에 눈동자가 흔들렸던 종삼은 다음에 이어진 상천
의 말에 인상을 찌푸렸다.

"다음 초식을 배우면 뭔가 실마리가 생길 것 같은데……."

'그거였냐?'

상천은 지금 삭풍에 진척이 없어 답답한 것이 아니었다. 단
순히 다음 초식인 뇌우(雷雨)를 익히고 싶어서 연기하는 중이
었다.

쾅!

"으악! 왜 때려!"

괘씸한 마음에 종삼이 상천의 머리를 주먹으로 내려쳤고,
갑작스런 통증에 아픈 머리를 부여잡으며 상천이 소리쳤다.

"연기 그만하고 가서 수련해라. 안 통한다."

"쳇! 다 넘어왔는데……."

"다 넘어오기는, 얼어 죽을. 그런 것에 속을 사람이 어딨
냐!"

퉁명스럽게 중얼거린 상천이 자리를 털고 일어나서 목검

을 집었다. 그리고는 슬쩍 종삼을 한번 흘겨보고는 연무장 한 가운데로 걸어갔다.

"똑바로 해! 안 그러면 밥 안 준다!"

다시 수련을 시작하려는 상천을 바라보던 종삼이 대뜸 소리쳤다. 그러자 상천이 거의 울상이 되어 그에게 소리쳤다.

"치사! 먹을 거 가지고!"

저녁때가 되어 종삼은 식사를 준비하기 위해 주방에 들어가 있었다.

해가 중천에 있을 때부터 노을이 걷히기 시작한 지금까지 계속해서 검을 휘두른 상천은 녹초가 되어 있었다.

더 이상 검을 휘두를 힘이 없어 그대로 연무장 바닥에 드러누운 상천은 가쁜 숨을 몰아쉬었다.

"더럽게 힘드네. 하아! 하아!"

헉헉대며 중얼거리는 상천의 얼굴로 시원한 바람 한줄기가 불어왔다.

"좋다!"

시원한 느낌에 미소를 지은 상천이 기분 좋게 한마디 내뱉었다. 그렇게 잠시 동안 눈을 감고 누워 있던 상천이 갑자기 눈을 번쩍 떴다.

"으흠……"

방금 전에 가만히 누워 바람을 느끼던 상천이 뭔가 실마리를 잡은 듯 골똘히 생각에 잠겼다.

"저놈은 다 끝냈으면 씻기라도 하지. 야! 얼른 씻어! 땀 냄새 풍기면서 밥 먹을 생각이냐?!"

주방에서 고개만 빠끔히 내밀고 외친 종삼은 상천이 아무런 대꾸도 하지 않고 가만히 누워 있자 밖으로 나왔다.

"자나?"

그렇게 중얼거리며 가까이 다가간 종삼은 상천이 눈을 깜빡이고 있는 것을 보며 불현듯 뭔가 스쳐 갔다.

'가만히 놔둬야겠다.'

속으로 그렇게 생각한 종삼은 기척을 죽이고 조용히 주방으로 돌아가 조금 전처럼 고개만 살짝 빼고 상천이 하는 것을 지켜보고 있었다.

멀뚱멀뚱 누워 생각에 잠겨 있던 상천의 눈에 초점이 돌아오기 시작했다.

그리고는 잠시 동안 생각을 정리하려는 듯 가만히 누워 있더니 이내 고무공처럼 튀어 올라 목검을 들고 섰다.

목검을 들어 올려 정신을 집중한 상천이 삭풍의 초식대로 검을 휘둘렀다.

그것을 본 종삼의 눈빛이 흔들렸다.

조금 더 완숙된 느낌이 있기는 했지만 겉으로 보이는 형(形)은 변한 것이 없었다.

하지만 풍기는 느낌은 확연히 달랐다.

정말로 바람을 벨 수 있을 것 같은 느낌.

그 정도의 예리함이 강하게 전달되었다.

자신이 펼쳤던 것과 다른 제대로 된 삭풍이라는 확신이 들었다.

삭풍을 펼쳐 낸 상천은 그 상태로 한동안 가만히 서 있었다.

상천 자신도 지금까지와는 다른 무언가를 느낀 상태였다.

자신이 펼쳐 낸 삭풍이 진정한 삭풍인지 머리로는 알 수 없었지만 지금 이 순간 자신의 몸을 휩쓸고 지나가는 짜릿한 전율은 확신을 가져다주고 있었다.

그렇게 고생했던 삭풍을 익혔다는 확신이 선 순간, 상천은 황홀경에 빠져들고 있었다.

"이놈아! 뭐하고 서 있냐! 삭풍 하나 익혀놓고 온갖 멋은 다 부릴 생각이냐? 퍼뜩 들어와서 밥 먹어!"

종삼의 목소리에 정신을 차린 상천이 여전히 뭔가에 홀린 표정으로 그에게 물었다.

"방금 내가 펼친 게 삭풍 맞아?"

"그럼 그게 무슨 춘풍(春風)이냐? 이상한 소리 하지 말고 얼른 들어와서 밥 먹어!"

그렇게 대꾸한 종삼이 밥상을 들고 안쪽으로 들어갔다.

"진짜 삭풍 맞는 거지?"

"맞다니까!"

종삼이 짜증 섞인 목소리로 소리를 질렀다.

속마음은 너무나 감격스럽고 대견하고 뿌듯해서 버선발로 달려가 뽀뽀라도 해 주고 싶은 마음이 굴뚝같았지만 꾹꾹 눌러 참고 있었다.

"아자!! 드디어, 드디어 이 빌어먹을 초식을 익혔구나!"

종삼의 말에 상천이 두 손 번쩍 들고 방방 뛰며 기뻐했다. 그 모습을 잠시 동안 흐뭇하게 보고 있던 종삼이 다시 얼굴을 굳히고는 말했다.

"얼른 안 들어오면 나 혼자 다 먹는다."

"알았어! 금방 들어갈게! 이히히! 해냈다, 해냈어!"

굶긴다는 종삼의 협박에도 상천은 솟구쳐 오르는 기쁨을 주체하지 못하고 계속해서 환호성을 지르며 뛰어다니고 있었다.

"저러다가 끝까지 다 익히면 아주 날개 달고 날아가겠구만. 몰라! 맘대로 해라! 나 혼자 먹는다!"

쾅!

그렇게 말한 종삼이 문을 힘껏 닫고는 먼저 식사를 시작했다.

그 이후로도 한참 동안 방방 뛰던 상천은 식사를 마친 종삼이 밥상을 치울 때가 돼서야 부리나케 달려 들어갔다.

第三章　동기

삭풍을 익힌 상천은 몇날 며칠을 들뜬 마음으로 지냈다.

연신 싱글벙글 웃는 모습으로 돌아다녔다. 그것도 모자라 너무 들뜬 나머지 무공 수련도 제대로 하지 않을 정도였다.

그런 그를 보며 종삼이 잔소리를 했지만 크게 신경 쓰지 않는 눈치였다.

결국 종삼도 며칠 더 놔두고 들뜬 기분이 가라앉기를 기다리기로 했다.

삭풍을 익히고 사흘째 되는 날.

그날도 상천은 아침 일찍 기분 좋은 미소와 함께 눈을 떴다. 종삼은 외출 준비를 하고 있었다.

“벌써 나가?”

“항상 이 시간에 나가는데 무슨.”

상천의 물음에 종삼이 외출 준비를 하며 시큰둥하게 대답했다.

“그랬나?”

그렇게 대꾸한 상천은 누운 채로 꼼지락거리고 있었다.

“에효, 오늘은 수련 좀 해라. 나갔다 오마.”

“알았어!”

나가면서 종삼이 한 말에 성의없이 대꾸한 상천은 멀뚱멀뚱 천장을 바라보았다.

“우히히!”

그러더니 뭐가 좋은지 실없는 웃음을 터뜨리는 상천이었다.

“심심해.”

상천이 중얼거렸다.

수련해야 할 것은 아직도 많이 남았는데 심심하다고만 하는 상천이었다.

삭풍의 수련을 끝마치고 나니 왠지 모든 것이 끝났다는 생각에 다음 초식 수련을 하지 않으려 하고 있었다.

“놀다 와야겠다. 히히!”

그렇게 중얼거린 상천이 자리에서 일어나 백룡문 밖으로 나갔다.

백룡문을 나선 상천은 자연스럽게 종삼과 처음 만났던 옆 마을로 발걸음을 옮겼다. 나오기는 했지만 딱히 갈 곳이라고 는 그곳밖에 없었기 때문이다.

"이렇게 멀었나?"

처음 종삼을 따라 백룡문에 올 때에는 아무 생각 없이 그저 따라오기만 해서 몰랐는데 막상 오랜만에 가려 하니 생각보 다 멀게 느껴졌다.

하지만 상천은 그 먼 거리를 가는 것이 전혀 지겹거나 지루 하지 않았다.

삭풍을 익힌 이후로 상천에게 세상은 그저 행복하게만 비 춰지고 있었기 때문이다. 눈에 보이는 아무것도 아닌 것들이 그저 좋게만 보였다.

그렇게 한 시진 정도 지나자 상천의 눈에 옆 마을이 보이기 시작했다.

아직 반 각 정도 더 걸어야 하지만 멀리서도 옆 마을의 활 기찬 분위기를 느낄 수 있었다.

백룡문이 위치하고 있는 마을보다는 조금 작지만 오가는 사람들이 많아 제법 큰 상권이 형성되어 있는 마을이다.

마을에 들어선 상천은 저절로 입가에 미소가 번졌다.

깊숙한 곳까지, 특히나 자신이 주로 뛰어다니던 저잣거리 까지 들어가지 않았지만 벌써부터 낯익은 모습들이 눈에 들어오고 있기 때문이었다.

여유롭게 마을을 구경하며 저잣거리로 들어선 상천의 입가에 번져 있던 미소가 훨씬 더 짙어졌다.

여전히 우렁찬 목소리로 양 꼬치를 파는 아저씨,

나긋나긋한 목소리로 차근차근 따져 물어 한 푼이라도 더 깎아보려는 아주머니,

시원한 욕으로 맛을 더하는 국밥집 할머니까지,

모두가 그대로였다.

상천은 신이 나서 저잣거리를 구경하며 걸어 다녔다.

고봉은 마을에서 그나마 제법 산다는 집의 자식이다.

열다섯 살밖에 되지는 않았지만 상대적으로 잘 먹고 자랐기 때문인지 또래 아이에 비해서 머리 하나는 더 컸다.

비단 키만 큰 것이 아니라 덩치도 제법 있어서 앳된 얼굴을 하고 있음에도 열다섯의 나이로 보이지 않을 정도다.

게다가 외동아들이라 고봉이 원하는 것은 어지간해선 다 들어주며 키웠기 때문인지 안하무인적인 성격을 가지고 있었다.

덩치도 크고 성격도 모질어서 또래 아이 사이에서 골목대장 노릇을 하고 다녔다.

고봉은 여느 날처럼 양옆에 또래 아이들을 한 명씩 끼고 다녔다.

그의 양옆에 있는 두 명의 소년도 제법 강단있고 고봉과 여러모로 잘 맞는 성격이라 오른팔과 왼팔 노릇을 하고 있었다.

"어라? 저놈?"

한 걸음 정도 앞서 걷던 고봉이 문득 걸음을 멈추며 중얼거렸다.

"왜 그래, 대장?"

그러자 고봉의 오른쪽에 서 있던 추명구가 물었다.

"저놈 보이지? 미친놈처럼 실실 쪼개고 있는 놈."

고봉의 손가락이 가리키고 있는 사람은 미소를 지은 채 저 잣거리를 활보하고 있는 상천이었다.

"어. 그런데 왜?"

"저놈 저거 가끔 우리 집에 와서 구걸해 가던 거지새끼거든. 몇 번 나한테 엉덩이 걸어차이고 울면서 도망가곤 그랬지. 하하하!"

"하하하! 생각만 해도 웃긴데?"

고봉의 말에 추명구와 다른 소년인 하동이 웃음을 터뜨렸다.

"그런데 한동안 안 보이더란 말이지. 어디 가서 뭐하나 싶었는데 여기서 보네? 심심한데 잘됐다. 저놈 좀 끌고 와봐."

고봉의 말에 즉각 추명구가 상천에게 다가갔다.

"야!"

대뜸 앞에 나타나 반말을 하는 추명구를 상천은 지나가는 개 쳐다보듯 힐끗 쳐다보고는 그냥 지나쳐 갔다.

"어라? 하하! 이 거지새끼가!"

깔끔하게 자신을 무시하고 지나가는 상천의 모습에 화가 오른 추명구가 목을 좌우로 비틀더니 돌아서며 소리쳤다.

"야! 거지새끼! 너 이리 와봐!"

추명구의 말을 들었는지 못 들었는지 상천은 계속해서 저 잣거리를 구경하기에 바빴다.

그 모습에 더욱더 화가 치밀어 오른 추명구가 성큼성큼 상천에게 다가가 그의 팔을 확 잡아챘다.

"이 거지새끼가 돌았나! 사람 말을 씹어? 누가 거지새끼 아니랄까 봐 먹을 게 없어서 사람 말까지 처먹고 있어!"

갑자기 팔을 잡히고 욕을 한 바가지 얻어먹은 상천은 인상을 찌푸리며 물었다.

"지금 그 거지새끼가 나 말하는 거냐?"

"하하! 이 새끼는 혀도 짧네? 쪼그만 놈이 어디서 주둥아리를 그따위로 놀려?"

"너도 짧네, 뭐. 그리고 나 거지 아니다. 그러니까 이거 놔라."

그렇게 말하며 상천이 자신의 팔을 확 잡아당겨 추명구의 손을 뿌리치고는 가던 길을 갔다.

"이 새끼가!"

"됐어!"

화가 머리끝까지 치밀어 올라 주먹질을 하려는 추명구를 말린 것은 다름 아닌 고봉이었다. 그러고는 '애 한 명 데려오는 것도 못하냐?'는 시선으로 그를 한 번 쳐다보았다.

고봉으로부터 질책의 시선을 받은 추명구는 치밀어 오르는 분노를 고스란히 담아 상천에게 쏘아 보냈다.

"얌마, 사람이 오라면 올 것이지 무슨 말이 그렇게 많아?"

고봉의 말에 상천은 그를 빤히 쳐다보았다.

"누구냐, 넌?"

상천의 물음에 고봉은 일순간 벙 찐 표정을 지었다. 그리고 잠시 후 그의 얼굴이 사납게 구겨졌다.

"야, 우리 집에서 구걸하다가 나한테 맞고 울던 새끼가 많이 컸다?"

고봉이 검지로 상천의 이마를 가볍게 몇 차례 툭툭 밀치며 말했다.

"뭐? 난 기억 안 나는데? 너 누구냐니까?"

고봉의 태도에 화가 났는지 상천의 목소리가 조금 커졌다. 살짝 악에 받친 듯했다.

"기억 안 난다고? 그래? 그럼 기억나게 해줘야지."

퍽!

말이 끝나기가 무섭게 고봉이 상천의 엉덩이를 걷어찼다. 불의의 일격을 당한 상천이 볼썽사납게 바닥에 쓰러졌다.

"뭐야!"

바닥에 엎어졌다가 곧바로 일어난 상천이 고봉을 노려보며 소리쳤다.

그 모습에 가소롭다는 듯이 웃은 고봉이 말을 이었다.

"이래도 기억 안 나?"

"그래! 안 난다!"

상천이 악에 받쳐 소리쳤다. 그러자 고봉은 추명구와 하동을 번갈아 바라보며 웃더니 다시 발길질을 시작했다.

퍽! 퍽! 퍽!

"이래도 기억 안 나? 안 나?"

고봉이 사정없이 발길질을 하며 소리쳤다. 상천은 아무런 말도 하지 못하고 바닥에 쓰러져 몸을 웅크린 채 세 소년의 발길질을 당하고 있었다.

저잣거리 한가운데에서 소년 셋이 상천 한 명을 짓밟고 있었다.

그렇게 일각 정도의 시간이 흐르고 나서야 지나가는 사람들이 그들을 뜯어말렸다.

발길질을 멈춘 세 소년은 각각 상천에게 욕을 한 바가지 더 해주고는 낄낄거리면서 그 자리를 떴다.

한동안 바닥에 쓰러져 웅크리고 있던 상천이 사람들의 부축을 받으며 힘겹게 몸을 일으켰다.

최대한 웅크리고 있었기 때문에 피가 나거나 부러지거나 한 곳은 없었지만 온몸이 흙먼지로 뒤덮여 있었다.

상천을 부축해서 일으켜 세운 어른들이 그의 옷에 묻은 흙을 털어주며 괜찮으냐고 물었지만 상천은 대답도 하지 않고 발걸음을 옮겼다.

다시 백룡문으로 돌아가는 그의 얼굴에서는 아까까지 있었던 웃음기가 싹 사라져 있었다.

오로지 독기만 가득할 뿐이었다.

나올 때의 두 배의 시간이 걸려 백룡문에 도착한 상천은 쓰러지듯 연무장 바닥에 몸을 뉘였다.

맞은 곳이 욱신거리며 심한 통증을 일으켰다.

거칠게 숨을 쉬던 상천은 다시 힘겹게 몸을 일으키고는 한쪽에 세워둔 목검을 가지고 쩔뚝거리며 돌아왔다.

목검을 가지고 온 상천은 서 있지 못하고 주저앉았다. 다리가 후들거려서 오래 서 있기가 힘들었던 것이다. 그렇게 잠시 동안 앉아 있던 상천이 목검에 의지해 자리에서 일어났다.

"후우, 후우……."

두어 차례 심호흡을 한 상천이 목검을 휘두르기 시작했다.

빠르게 움직이는 것이 아니었음에도 상천은 몸 곳곳에서 올라오는 통증에 인상을 찌푸렸다.

그렇게 단월검 두 번째 초식인 뇌우(雷雨)의 수련이 시작되었다.

종삼은 저녁 시간 때가 넘어서야 돌아왔다.

여느 날보다 늦은 귀가에 서둘러 돌아온 종삼은 연무장에서 들리는 인기척에 조심스레 그쪽으로 다가갔다.

가까이 다가가자 어둠을 뚫고 목검을 휘두르고 있는 상천의 모습이 보였다.

평소와 다르게 진지한 표정으로 구슬땀을 흘리고 있는 그를 보니 절로 입가에 미소가 번졌다.

하지만 그것도 잠시.

너무 늦은 시간까지 무리하는 것이 아닌가 싶어 걱정스런 마음이 들었다.

"어쩐 일로 이 시간까지 수련이냐?"

종삼이 지나가는 말로 물었다.

하지만 집중을 하고 있기 때문인지 상천은 대답은 하지 않고 묵묵히 검을 휘두를 뿐이었다.

"귀 먹었냐!"

종삼이 다시 한 번 목소리를 높여 물었다.

하지만 역시나 상천에게서는 대답이 없었다. 그것을 보며 작게 한숨을 쉰 종삼이 안으로 들어가며 말했다.

"너무 무리하지 마라. 그러다 탈난다. 먼저 들어간다."

상천의 수련은 그 이후로 반 시진가량이 더 지나고 나서야 끝이 났다.

다음날.

규화공 수련을 해야 할 시간임에도 상천은 일어나지 못했다.

전날 고봉에게 맞은 상태에서 늦은 시간까지 수련을 한 탓에 몸살이 난 것이다.

상천에게 무슨 일이 있었는지 모르는 종삼은 늦은 시간까지 자고 있는 상천을 보며 혀를 찼다.

"쯧쯧쯧! 그러니까 무리하지 말라고 그렇게 일렀거늘. 뭐, 하루 정도는 푹 쉬는 것도 좋겠지. 아니지. 그동안 수련 안 하고 논 날이 며칠인데. 일어나라, 천아! 해가 중천이다!"

나갈 준비를 하며 깨웠지만 상천은 일어나지 못했다. 살짝 인상을 찌푸린 채 여전히 잠에 빠져 있었다.

"일어나라니까!"

종삼이 조금 더 큰 목소리로 상천을 깨웠다. 하지만 이번에도 똑같았다.

"죽었냐?"

콕! 콕!

그렇게 말하며 종삼이 발끝으로 상천을 톡톡 건드렸다. 그 때문인지 상천이 힘겹게 옆으로 돌아누웠다.

"얘가 왜 이래?"

그렇게 중얼거린 종삼이 돌아누워 있는 상천의 옆에 쪼그리고 앉았다.

'음?'

가까이에서 상천을 본 종삼의 눈동자가 흔들렸다.

이불을 덮고 있어 몸을 전부 다 볼 수는 없었지만 눈에 보이는 곳에 상처가 몇 개 보였기 때문이다.

잠시 그렇게 있던 종삼이 아무 말 없이 자리에서 일어났다. 그리고는 아무렇지도 않게 한마디 하고는 밖으로 나갔다.

"오늘까지는 봐준다. 적당히 쉬다가 일어나라."

종삼이 나가고 해가 중천에 뜬 후에야 상천은 눈을 떴다.

잠이 덜 깨 비몽사몽 상태에서 두들겨 맞은 곳이 욱신거려 절로 신음 소리가 입 밖으로 흘러나왔다.

한참을 앉은 채로 가만히 있던 상천이 자리에서 일어나 밖으로 나갔다.

차가운 물에 세수를 하고 정신을 차린 상천은 종삼이 차려놓고 간 간단한 음식으로 요기를 하고는 연무장으로 갔다.

목검을 집어 들고 수련을 시작하기 전에 몸을 움직여 뻐근함을 풀었다.

가볍게 움직였음에도 온몸이 비명을 지르는 것처럼 아팠다.

그렇지만 상천은 인상만 조금 찌푸릴 뿐 계속해서 연무장 위에 서 있었다.

몸을 풀고 난 후 상천은 본격적으로 뇌우의 수련을 시작했다.

아직은 몸이 불편해 제대로 된 초식을 펼치기 어려웠지만 상천은 절대 포기 하지 않았다.

오히려 더욱더 집중력을 발휘하여 느리더라도 완벽한 초식을 익히기 위해 노력했다.

수련을 시작한 지 얼마 지나지 않아 상천의 이마에서 굵은 땀방울이 흘러내리기 시작했다.

날이 어두워지기 시작할 무렵.

상천은 잠시 수련을 멈추고 연무장에 앉아 휴식을 취하고 있었다.

그래도 두 시진 정도 수련을 하며 계속해서 몸을 움직였기 때문인지 통증은 조금 있었지만 움직이는 데 불편한 것은 많이 줄어든 상태였다.

생각보다 몸이 빨리 낫는 것 같아 상천의 표정도 마냥 어둡지는 않았다.

대신 두 눈에 담겨 있는 독기는 여전했다.

‘두고 봐라. 혼쭐을 내주마.’

고봉과 추명구, 하동에게 맞으면서 상천은 오로지 그 생각만 했다.

그러면서 만약 자신이 삭풍뿐만 아니라 다른 초식까지도 익혔더라면 이렇게 당하지는 않았을 것이라는 후회도 들었다.

그 때문에 마음을 다잡고 시작한 수련이다.

"그런데 쉽지가 않네."

삭풍을 익혔을 때의 희열과 이어지는 두 번째 초식인 뇌우의 수련에 대한 자신감은 이제 많이 옅어져 있었다.

쉽게 할 수 있을 것이라는 생각은 이미 사라진 상태였고, 수련을 하면 할수록 어렵다는 생각만 들었다.

"나 왔다!"

그때, 외출했던 종삼이 한 손에 뭔가를 들고 돌아왔다.

전날에는 어두워지고 나서야 돌아왔는데 오늘은 아직 날이 밝았다.

"왔어?"

상천이 앉은 채로 종삼을 맞았다. 그 모습에 종삼이 살짝 인상을 찌푸리며 말했다.

"넌 어른이 밖에 나갔다가 들어오는데 엉덩이 붙이고 앉아 있냐? 버르장머리없는 놈."

두 사람이 백룡문에서 함께 지낸 지 꽤 오랜 시간이 흘렀지만 상천은 여전히 종삼에게 사부라는 호칭도, 존대도 쓰지 않고 있었다. 하지만 이젠 그것이 익숙해 오히려 상천이 사부 대접을 하면 더 어색할 것 같았다.

"힘들어서 그래, 힘들어서! 지금까지 수련하고 쉰 지 얼마 안 됐단 말이야!"

"그래도 일어나는 시늉이라도 좀 해봐라!"

상천의 대꾸에 종삼이 연무장으로 올라오며 말했다. 그 말에 상천은 입을 삐쭉 내밀 뿐 다른 말은 하지 않았다.

"어제 그렇게 무리하더니만 늦잠까지 자고. 잘 되냐?"

종삼이 상천의 옆에 털썩 주저앉으며 물었다. 그러자 그를 한번 힐끗 쳐다본 상천이 퉁명스럽게 대꾸했다.

"제대로 가르쳐 주지도 않으면서 물어보기는."

"원래 다 그렇게 하는 거다. 나도 지금 네 나이 때 그렇게 했어."

"아저씨가 그렇게 했다고 나도 그렇게 하라는 법 있나?"

"있지."

"쳇!"

상천이 다시 한 번 입을 삐쭉 내밀었다.

"어떠냐고. 잘돼가?"

"아니."

"어렵지?"

"응."

"열심히 해라."

"응."

짧은 대화가 끝나고 나란히 앉은 두 사람 사이에 침묵이 흘렸다.

백룡문 담벼락 바깥으로 보이는 하늘이 노을 때문에 붉게 물들어가고 있었다.

그야말로 장관이었다.

"그런데 아저씨."

"왜?"

"단월신검 다 익히면 세져?"

뜬금없는 상천의 물음에 종삼이 그를 힐끗 쳐다보았다.

"그건 왜? 뭔 일 있었냐?"

그렇게 물은 종삼은 아침에 보았던 상천의 몸에 나 있던 상처들을 떠올렸다.

종삼의 물음에 상천이 고개를 젓고는 다시 물었다.

"세져?"

"당연하지. 무공을 익히는데 안 세지겠냐?"

"그래?"

그렇게 중얼거린 상천이 자리에서 일어났다.

"어디 가려고?"

"가긴 어딜 가, 수련하려고 그러지."

"아, 그래?"

상천의 말에 종삼도 자리에서 일어났다.

"적당히 해라. 또 어제처럼 무리했다가 퍼지지 말고."

"그럴 일 없거든요?"

상천의 대꾸에 피식 웃은 종삼이 엉덩이에 묻은 흙을 털어
내고는 주방 쪽으로 걸어갔다.

"적당히 하고 들어와. 간만에 고기 먹자."

"고기?"

고기라는 말에 상천이 두 눈을 동그랗게 뜨고 물었다. 그러
자 종삼이 자신의 손에 들려 있는 종이로 싼 무언가를 들고
살살 흔들어 보였다.

"아싸!"

"그렇게 좋냐?"

"그럼! 고기가 얼마나 맛있는데!"

"맛은 있지. 하하!"

종삼이 고개를 끄덕이며 말했다.

"히히! 고기다, 고기! 맛도 좋고 소화 잘되는 고기!"

"그러니까 적당히 하고 들어와! 알았지?"

"응!"

갑자기 없던 힘이 생긴 듯 상천이 힘차게 대답했다. 그리고
는 목검을 들고 작게 심호흡을 했다.

그 모습을 보고 흐뭇한 미소를 지은 종삼이 주방으로 들어
가려다가 발걸음을 멈추고 말했다.

"들어올 때 씻고 들어와! 땀 냄새 때문에 고기 맛 떨어지게
하지 말고!"

"아, 쫌! 수련하는데! 알았어!"

상천의 투덜거림을 들으며 종삼은 주방으로 들어갔다.

그리고 연무장에 서 있던 상천이 목검을 휘두르며 소리쳤다.

"다 죽었어!"

第四章
재능

저잣거리에서의 일이 있고 나흘이 지나자 몸은 완벽하게 회복되었다.

통증이 사라지자 상천은 더욱더 뇌우의 수련에 박차를 가했다. 완벽히 동기 부여가 된 상천의 집중력은 무서우리만치 높아졌다.

한번 집중해서 검을 휘두르기 시작하면 옆에서 누가 불러도 못 들을 정도였고, 정신을 차려보면 한두 시진은 훌쩍 지나간 상태였다.

그럼에도 크게 힘들다는 생각보다는 더 해야겠다는 생각이 들었다.

그런 상천에게 종삼은 항상 적당히 하라는 말만 했다.

과유불급이라며 너무 무리하면 꼭 탈이 난다는 말을 입에 달고 살 정도였다.

처음에는 수련은 많이 하면 할수록 좋다고 생각하던 상천이었지만 계속된 종삼의 말에 세뇌를 당한 것인지 점차 수련과 휴식을 적절히 배분하기 시작했다.

한 시진가량 쉬지 않고 검을 휘두른 상천은 연무장 바닥에 털썩 주저앉았다.

그리고는 즉각 가부좌를 틀고 운기에 들어갔다.

평소에는 정해진 시간 외에 운기를 하는 일이 없었지만 최근 들어서는 단월검 수련을 하는 와중에도 틈틈이 운기를 계속했다.

지친 몸을 회복하는 데 운기만 한 것이 없다는 것을 새롭게 알게 되었기 때문이다.

운기를 마치고 눈을 뜬 상천은 한층 개운해진 표정으로 자리에서 일어났다.

"조금 더 쉴까?"

그렇게 중얼거린 상천이 자리에서 일어나 대청마루로 다가가 앉았다.

대청마루에 앉은 상천은 땀을 식히며 수련으로 힘들어하는 팔을 주무르고 있었다.

"근데 이렇게 휘둘러서 제대로 써먹을 수나 있으려나?"

그렇게 중얼거린 상천은 연무장 쪽을 바라보며 생각에 잠겼다.

'이렇게 근력으로만 검을 휘둘러서는 한계가 있을 것 같은데? 내가 아직 어려서 그러나?

그렇게 생각한 상천은 머릿속으로 초식을 그려보았다.

하지만 이내 고개를 저었다.

지금보다 더 크고 근력이 좋아진다고 해서 크게 위력이 생길 것 같지는 않았다.

'어떻게 해야 되지? 여기저기서 들어보면 무공을 익히면 하늘을 날고 검으로 바위도 쪼갠다던데. 이렇게 해서는 전혀 그럴 수 없을 것 같은데?

상천이 손으로 턱을 매만졌다. 그러더니 뭔가 생각난 듯 손뼉을 쳤다.

'규화신공을 이용해 볼까?

상천은 단전을 채우고 있는 진기를 떠올렸다.

평소 규화공 수련을 할 때와 운기할 때를 제외하고는 단전에서 조금도 움직이지 않았다.

그냥 그런 것이겠거니 하고 말았는데 초식을 펼칠 때 진기를 이용하면 어떨까 하는 생각이 퍼뜩 뇌리를 스친 것이다.

사실 이런 것은 심법을 배우고 초식을 익히면서 자연스럽게 배우게 되는 운용법이건만 상천은 아직 그런 것을 알지 못했다.

아직 단월검의 형도 제대로 다 익히지 않은 상태였기에 종삼이 알려줄 생각을 하지 않았기 때문이다.

'어디 보자……'

상천은 가만히 눈을 감았다.

그리고는 머릿속으로 단월검을 펼치는 자신의 모습을 가만히 그려보았다.

'진기는 단전에 있고… 초식은 이렇게 펼치고……'

상천의 머릿속에 그려진 또 다른 자신은 목검을 들고 확실히 익힌 삭풍과 아직은 미숙한 뇌우를 펼치고 있었다.

그 와중에 상천은 초식이 아닌 단전에 똬리를 틀고 있는 진기에 집중했다.

그리고는 머릿속으로 진기를 움직여 보았다.

'초식이 시작될 때 단전에서 끌어올려서… 이 경로로 움직인 다음에… 이 순간에 여기로 집중시키면……!'

그러자 머릿속에서 단월검을 펼치던 자신이 몸을 부르르 떨더니 픽 쓰러졌다.

'이게 아닌가? 그럼……'

그렇게 생각한 상천이 다른 경로로 진기를 움직여 보았다.

그렇게 몇 차례 진기를 움직였을 때였다.

"뭐하고 있냐?"

외출을 하고 돌아온 종삼이 심각한 표정을 짓고 있는 상천을 보며 물었다.

"어? 아저씨 왔네? 오늘은 왜 이렇게 일찍 들어왔어?"

"일찍 들어오면 안 되냐? 에고, 허리 아프다."

종삼이 앓는 소리를 하며 상천의 옆에 앉았다. 그러자 상천이 주먹으로 가볍게 그의 허리를 두드려 주었다.

"얼라리? 무슨 바람이 불어서 이러냐?"

"쳇! 허리 아프다고 해서 순수한 마음으로 안마해 주는데 무슨 말이야?"

종삼의 말에 상천이 툴툴거렸다. 그러면서도 계속해서 그의 허리를 두르려 주었다.

"안 하던 짓을 하니까 그렇지. 됐다. 이제 좀 낫네."

종삼의 말에 상천이 허리 두드리던 것을 멈췄다.

"뭐하고 있었는데 그렇게 심각해?"

"아, 그게 말이지……."

종삼의 물음에 상천이 방금 전에 생각한 것을 털어놓기 시작했다.

상천의 이야기를 들은 종삼은 놀란 표정으로 그를 바라보았다.

"왜? 뭐가 잘못됐어?"

종삼의 표정을 본 상천이 슬그머니 그와의 거리를 벌리며 물었다.

"아니, 잘못된 것 없다. 맞아. 진기는 그렇게 쓰는 거다. 그걸 운용이라고 하지.”

이어진 종삼의 말에 눈을 동그랗게 뜬 상천이 종삼에게 몸을 바짝 붙여 앉았다.

“진짜?”

“그래.”

“정말로?”

“그렇다니까.”

“거짓말 아니지?”

“진짜라니까!”

계속된 상천의 물음에 짜증이 난 종삼이 버럭 소리를 질렀다. 하지만 상천은 마냥 기분 좋은 모습이었다.

“상상력 하나는 풍부하구나. 그 상상력을 다른 수련 하는 데에도 써봐라, 이 녀석아.”

종삼의 말에 상천이 잔뜩 인상을 찌푸리며 말했다.

“또 잔소리!”

“다 피가 되고 살이 되는 얘기다.”

“에효! 내가 말을 말아야지. 수련이나 하자!”

그러면서 상천이 옆에 세워둔 목검을 들고 일어서 연무장 쪽으로 걸어갔다.

“얼른 익혀라! 단월신검 오초식까지 익히면 보법도 가르쳐주마.”

“진짜?”

보법을 가르쳐 주겠다는 종삼의 말에 상천이 눈을 빛내며 돌아보았다.

"그래. 내가 지금까지 가르쳐 준다고 하고 안 가르쳐 준 적 있냐?"

"알았어! 이히히! 얼른 수련해야지~!"

그렇게 말한 상천이 콧노래를 흥얼거리며 연무장으로 걸어갔다.

그 모습을 보며 종삼은 보일 듯 말 듯 미소를 지어 보였다.

새로운 무공을 배울 수 있다는 기대감 때문일까?

단월검을 익혀가는 상천의 속도는 더욱 빨라졌다. 그 이후 나흘 만에 제이초식인 뇌우를 익히는가 싶더니 삼초식인 겁화(劫火)는 거의 보름 만에 익혔다.

초식 하나의 형을 익히는 것에 그치지 않고 그것을 자신의 것으로 녹여내는 것까지 보름밖에 걸리지 않았다는 것은 실로 대단한 일이었다.

물론 단월검의 전체적인 초식들이 서너 개의 식이 모여 한 초식을 이룰 정도로 복잡하지 않고 단순한 것도 하나의 이유였지만 보름이라는 속도는 경이롭다는 말로밖에 표현할 수밖에 없었다.

그런데 여기에는 종삼이 알지 못하는 하나의 비밀이 있었다.

삭풍, 뇌우, 겹화라는 초식의 이름에서 알 수 있듯이 단월 검의 모든 초식은 자연과 관련되어 있었다.

상천은 거기에서 방법을 생각해 내었다.

어떻게 보면 그 방법을 떠올리게 된 동기를 종삼이 제공했다.

'그 상상력을 수련하는 데 써봐라' 라는 종삼의 말에 상천은 열심히 머리를 굴렸다.

물론 보법을 익히고 싶다는 강렬한 의지가 없었다면 한 귀로 듣고 한 귀로 흘려버렸을지도 몰랐다.

삼초식을 익히기 시작하면서부터 상천은 불을 머릿속으로 그렸다.

머릿속에 떠오른 다양한 불에 상상력이 더해져 그림으로 그려졌다.

거기에 높아진 집중력은 상천의 눈앞에 타오를 듯한 겹화를 만들어내었다.

눈앞에 만들어낸 겹화를 보면서 특징을 잡아내고 그것을 통해 불의 느낌을 생생하게 느낀 상천은 그 느낌을 초식에 여러 가지 방법을 통해 접목시켜 보았다.

몇 번의 시행착오를 거친 끝에 알고 있는 겹화의 형(形)과 생생하게 눈앞에 펼쳐진 불길이 더해져 새로운 깨달음을 얻을 수 있었다.

자연을 본뜬 초식을 실제에 버금가는 형상 속에서 수련했으니 어떻게 보면 보름이라는 시간은 경이로운 속도가 아닌 당연한 것이나 마찬가지였다.

짧은 시간에 겁화를 익힌 상천은 얼떨떨한 기분에서 벗어나지 못했다.

처음 새로운 방법을 생각해 내고 시작할 때까지만 해도 과연 효과가 있을 것인가 하는 의구심이 들었지만 엄청난 효과를 직접 경험하고 나자 삭풍과 뇌우를 익히며 고생했던 것이 아쉽게 다가왔다.

'괜찮아. 이제 앞으로 이렇게 하면 된다.'

아쉬움을 뒤로한 상천은 그렇게 생각하며 마음을 다잡고 새롭게 익히게 될 다음 초식에 대한 자신감과 의욕을 높였다.

겁화를 익히고 자신감과 새로운 가능성에 눈을 뜬 상천은 거칠 것이 없었다.

이초식에서부터 오초식까지 한 달하고도 보름 만에 익힌 상천은 보법을 익힐 생각에 두근거리는 마음을 진정시키지 못하고 있었다.

새로운 것을 배운다는 것.

그것은 언제나 상천으로 하여금 더욱더 의욕을 일으키게 만드는 원동력이었다.

드디어 보법을 배우게 되는 날 아침.

여느 때보다 일찍 눈을 뜬 상천은 누워서 조금 더 꼼지락거리다가 규화공 수련을 위해 밖으로 나갔다.

규화공 수련을 위해 가부좌를 틀고 앉은 상천은 들뜬 마음을 애써 가라앉힌 채 운기를 시작했다.

단전에서부터 흘러나온 진기가 소주천의 경로를 따라 천천히 움직였다. 마치 들떠 있는 상천의 마음을 가라앉히려는 것 같았다.

진기의 흐름을 느끼며 점차 마음의 안정을 찾아간 상천은 소주천의 경로가 끝이 나고 대주천의 경로에 접어들면서 점차 무아지경에 빠져들었다.

상천이 눈을 뜬 것은 이미 해가 중천에 뜬 시간이었다.

평소에는 소주천의 경로로 진기를 한 바퀴 돌리고 대주천으로 한 바퀴 돌린 후에 운기를 끝냈지만, 이번에는 평소보다 더 마음이 차분해지고 집중도 잘되어 소주천을 한 번 더 하고 나서야 운기를 끝냈다.

정신이 맑아지고 몸이 좀 더 가벼워진 것 같은 기분을 느끼며 자리에서 일어난 상천은 서둘러 연무장으로 향했다.

보법을 배울 생각을 하니 운기 덕분에 차분하게 가라앉았던 마음이 다시 붕 뜨는 것 같았다.

들뜬 마음을 안고 연무장에 도착한 상천은 헤죽헤죽 웃으며 종삼을 기다렸다.

“왜 이렇게 안 와?”

하지만 일각이 넘게 기다려도 종삼의 모습은 보이지 않았
다.

“아저씨!”

상천이 큰 소리로 종삼을 불렀다.

하지만 종삼의 모습은 보이지 않았고 아무런 대답도 들리
지 않았다.

“아저씨!!”

상천이 더 큰 소리로 종삼을 찾았지만 이번에도 역시 아무
런 대답도 들리지 않았다.

“뭐야? 보법 가르쳐 준다더니 어디 갔지?”

그렇게 중얼거린 상천은 실망감에 아랫입술을 빼쭉 내밀
었다.

한껏 기대하고 있었는데 정작 가르쳐 줄 사람은 보이지 않
으니 금방 기분이 안 좋아졌다.

“에잇! 몰라!”

그렇게 중얼거린 상천은 백룡문 밖으로 나갔다.

이번에도 상천의 발걸음은 옆 마을로 향하고 있었다.

하지만 전과 다르게 상천은 목검을 손에 쥐고 있었다. 지난
번처럼 고봉과 마주칠지도 모르기 때문이다.

지난번과 같은 일이 벌어진다면 절대로 그냥 맞아주지 않

겠다는 각오로 목검을 들고 나온 것이다.

몸싸움으로는 상대적으로 왜소한 자신이 고봉이나 추명구, 하동 등을 이길 수 없을 것이 분명하기 때문에 배운 검법으로 그들을 상대하려는 것이었다.

야무진 각오와 함께 상천은 옆 마을에 도착했다.

마을은 지난번과 마찬가지로 사람들로 북적댔다. 처음에 왔을 때에는 오랜만에 와서 옛 생각 하며 마냥 즐겁게 돌아다녔지만 지금은 아니었다.

'나타나기만 해봐라.'

속으로 그렇게 중얼거린 상천은 저잣거리에 들어서면서부터 목검을 쥔 손에 힘을 주었다.

여차하면 바로 휘두를 준비를 한 것이다.

하지만 저잣거리를 돌아다녀도 고봉 일행의 모습은 보이지 않았다. 그 때문에 내심 실망을 하고 있던 찰나, 상천의 두 눈을 번쩍 뜨이게 하는 사람이 보였다.

"아저씨?"

상천의 눈에 보인 사람은 다름 아닌 종삼이었다.

잠깐 보였다가 사람들 사이에 묻혀 제대로 보지 못했지만 분명 종삼의 모습이었다.

사람들 사이를 뚫고 조금 더 가까이 다가가자 확실하게 종삼의 모습이 보였다.

"아저씨!"

상천이 서둘러 그쪽으로 걸어가며 큰 소리로 종삼을 불렀다. 하지만 워낙 사람도 많고 시끄러워서 그런지 상천의 목소리를 듣지 못한 듯 종삼은 계속 걸어갈 뿐이었다.

"아저……!"

다시 한 번 종삼을 부르던 상천은 입을 다물고 멈춰 서서 생각하기 시작했다.

'보법 가르쳐 준다고 하더니 여기 있단 말이지? 안 그래도 맨날 어디 가나 궁금했는데 따라가 봐야겠다.'

그렇게 속으로 중얼거린 상천이 조심스럽게 종삼의 뒤를 따라갔다.

인파를 뚫고 종삼의 뒤를 밟으며 상천은 연신 고개를 갸웃거렸다.

지체하지 않고 계속 걷는 것이 뭔가를 사러 온 것 같지는 않았다.

'하긴, 뭔가를 사러 왔으면 우리 마을에서 사도 충분한데……'

백룡문이 있는 마을에 비하면 지금 이 마을은 그 규모가 더 작았다.

오가는 사람이 많은 거점 같은 곳이기 때문에 그나마도 이 정도 상권이 형성된 것이지 그렇지 않았다면 이십 호 정도가 모여 사는 적당한 크기의 마을에 불과했다.

그러니 당연히 상권도 지금 이 마을보다는 백룡문이 있는 마을이 더 컸다.

물건을 살 것이 있다면 굳이 이곳까지 와서 살 이유는 없었다.

'어디 가는 거지?'

그런 생각을 하며 종삼의 뒤를 따르던 상천의 표정이 어느 순간 딱딱하게 굳었다.

종삼은 저잣거리를 지나 다른 쪽 골목으로 발걸음을 옮기고 있었다.

그곳은 저잣거리와 달리 굉장히 한산했는데 그럴 만한 이유가 있었다.

'홍등가!'

어둠이 깔리고 불을 밝혀야 할 시간이 되면 몸 파는 기녀들이 나와 호객 행위를 하는 기루들이 줄지어 있는 곳.

종삼이 발걸음을 옮긴 것은 바로 홍등가였다.

"대낮부터!"

자신도 모르게 소리친 상천은 서둘러 입을 틀어막고 한쪽으로 몸을 숨겼다.

저잣거리에 비해 인적이 드물기 때문에 혹여나 자신의 목소리를 듣지는 않았을까 하는 생각 때문이었다.

하지만 다행인지 불행인지 상천의 목소리를 듣지 못한 듯 종삼은 발걸음을 멈추지 않고 홍등가로 들어섰다.

아직 영업이 시작되지 않은 기루의 문은 굳게 닫혀 있었다.

'아직 문도 안 열었는데 여긴 왜 온 거지?

뒤따르는 상천이 다시 한 번 고개를 갸웃거렸다.

나이가 어려 잘은 모른다 하지만 아무리 머리를 굴려봐도 정오가 갓 지난 이 시간에 기루를 찾는 것은 이해가 가질 않았다.

그런 생각을 하는 사이, 종삼이 어느 한 기루 앞에 멈춰 섰다.

그 기루 역시 다른 곳과 마찬가지로 불이 꺼져 있었고, 문과 창이 굳게 닫혀 있었다.

잠시 그 기루 문 앞에 서 있던 종삼이 주변을 한 번 두리번거리더니 손으로 가볍게 몇 번 문을 두드렸다.

'진짜?

종삼의 그런 행동들이 잘 보이는 곳에 자리 잡고 몸을 숨긴 채 바라보고 있는 상천의 표정은 점차 경악으로 물들어갔다.

약간의 시간이 흐르고 기루의 문이 열렸다.

대낮임에도 하늘거리는, 그리고 속이 거의 비치는 얇은 옷을 입은 기녀 한 명이 나와 종삼과 대화를 나누었다.

그러더니 잠시 후 종삼은 기녀와 함께 안으로 모습을 감추었다.

"헐! 대낮부터!"

종삼이 안으로 사라지자 상천은 놀란 듯 소리쳤다.

그리고는 잠시 그 자리에서 멍하니 서 있다가 서둘러 홍등가를 벗어났다.

"색골, 색마, 변태! 보법 가르쳐 준다더니 대낮부터 기루를!"

그렇게 중얼거리며 저잣거리를 빠르게 걸어가던 상천이 갑자기 발걸음을 우뚝 멈추었다.

"설마 배우는 무공 다 배우면 나도 변태 색마 되는 거 아냐?"

심각한 표정으로 그렇게 중얼거린 상천은 온몸을 타고 흐르는 두려움에 몸을 한차례 부르르 떨었다.

"으~! 모르겠다!"

그렇게 말하며 상천은 발걸음을 재촉하여 백룡문으로 돌아갔다.

백룡문으로 돌아온 이후 상천은 연무장에 앉아 치밀어 오르는 배신감(?)에 치를 떨고 있었다.

그리고 생각보다 오래 시간이 지나지 않아 종삼이 돌아왔다.

문을 열고 안으로 들어오는 그를 보고 상천은 한차례 흠칫 놀랐다. 그것을 본 종삼이 어처구니없다는 표정으로 핀잔을 주었다.

"왜 이렇게 놀라? 못 볼 거 봤냐?"

"어? 아, 아니!"

종삼의 물음에 상천이 당황한 듯 말을 더듬었다.

"너 뭐 찔리는 거 있어? 왜 말을 더듬고 그래?"

뭔가 수상하다는 듯 묻는 종삼에게 상천은 입은 다문 채 도리질을 쳤다.

"어이없기는. 비켜봐!"

"왜?"

종삼이 연무장으로 올라오며 상천에게 말했다. 그러자 상천이 앉은 자리에서 비켜서며 물었다.

"보법 가르치려고 그런다! 오늘 가르쳐 주기로 했잖아?"

"아, 보법……."

종삼의 말에 상천이 뭔가 마뜩치 않은 표정으로 대답했다.

"왜? 배우기 싫어? 가르쳐 주지 말까?"

"음? 아, 아냐! 배우고 싶어. 그런데……."

"그런데?"

상천이 말을 끊자 종삼이 그 뒤를 물었다. 잠시 머뭇거리던 상천은 종삼을 보며 조심스럽게 물었다.

"혹시……."

"혹시?"

"무공 다 배우면……."

"아, 거참! 답답하게! 빨랑빨랑 말 안 할래? 얘가 오늘따라 왜 이래?"

자꾸 말하기를 꺼려하는 상천을 보며 종삼이 윽박질렀다.

"색마 같은 거 되는 건 아니지?"

"뭐?"

상천의 황당한 질문에 종삼은 어처구니없다는 듯 허탈한 미소를 지으며 그를 바라보았다.

하지만 질문하는 상천은 제법 심각한 표정이었다.

"그런 거 아니다. 또 어디서 쓸데없는 걸 듣고 와서 그러는지는 모르겠다만, 그럴 일 절대 없으니 이상한 소리 하지 말고 저쪽으로 비켜 있어."

"진짜지?"

상천이 다시 한 번 되묻자 짜증이 난 종삼이 상천을 한번 노려보았다. 그러자 살짝 움츠린 상천이 종종걸음으로 연무장을 내려갔다.

"저놈이 오늘 뭘 잘못 먹었나? 왜 저래?"

연무장을 내려가는 상천을 보며 중얼거린 종삼은 곧장 품에서 꺼낸 무언가를 바닥에 붙이기 시작했다.

종삼이 상천을 다시 부른 것은 그로부터 한 식경이 더 지난 후였다. 그의 부름에 연무장으로 올라간 상천은 바닥에 붙어 있는 종이들을 가리키며 물었다.

"아저씨, 이게 뭐야?"

"네가 익힐 천유신보의 순서다."

"이게?"

“그래. 이쪽에서 시작해서 저쪽으로 가는 거다.”

종삼이 가리키는 방향을 타고 시선을 쭉 따라간 상천은 도저히 순서를 모르겠다는 듯 고개를 갸웃거렸다.

“어떻게 되는지 모르겠는데?”

“모르긴, 이대로 따라가기만 하면 된다. 해봐.”

종삼의 말에 상천이 어이없다는 표정을 지으며 그를 바라보았다.

“안 보여줘?”

“순서를 가르쳐 줬는데 보여줄 것이 뭐 있다고. 말로 설명하고 보여주는 것 보다 직접 해보는 게 제일 빠른 방법이다. 해봐.”

종삼의 말에 상천이 입을 빼쭉 내밀고는 시작하는 방향에 섰다.

“왼발부터.”

오른발을 먼저 내디디려던 상천은 때마침 들려온 종삼의 말에 순간적으로 멈칫하며 중심을 잃을 뻔했다.

다행히도 넘어지지는 않았지만 상천은 종삼을 향해 눈을 흘겼다.

“보법의 기본은 언제나 왼발이 우선이다. 왼발부터 나가는 보법에 익숙해지면 그다음은 오른발부터 나가는 수련. 그러고 나서는 왼발부터 역순으로. 마지막이 오른발부터 역순이다.”

“뭐 이리 복잡해?”

“복잡할 것도 없다. 오히려 검법이나 권법에 비하면 쉬운 편이지. 보법은 반복 숙달이 최고다.”

“쳇! 알았어. 한번 해볼게.”

그렇게 말한 상천이 왼발부터 내디디며 표식을 따라 앞으로 나아갔다.

“어! 어~!”

하지만 얼마 못 가 발이 꼬인 상천이 균형을 잃으며 그대로 옆으로 고꾸라졌다.

“으아~! 아프다! 아오!”

왼쪽으로 넘어지며 팔꿈치를 연무장 바닥에 쓸린 상천이 잔뜩 인상을 찌푸리며 연신 쓰라린 팔꿈치를 문질러댔다.

“아! 피!”

쓸린 부분에서 살짝 피가 흘러나오자 상천이 더 아프다는 듯 인상을 찌푸렸다.

“그 정도 가지고 엄살은. 어떻게 한 번을 제대로 못 가나?”

“처음부터 잘하는 사람이 어딨어?”

“난 처음부터 잘했다.”

“거짓말! 저거 제대로 된 거 맞아? 중간에 발이 꼬이는데?”

“그건 네가 못나서 그런 거다.”

“말도 안 돼!”

종삼의 말에 발끈한 상천이 도리어 종삼에게 성을 냈다. 하지만 종삼은 덤덤하게 그 말을 받았다.

"그럼 내가 엉뚱한 걸 가르친단 말이냐?"

"아니, 뭐 그런 건 아니지만……."

종삼의 말에 상천이 말꼬리를 흐렸다.

"언제까지 주저앉아 있을 셈이냐? 얼른 일어나!"

종삼의 말에 상천이 피 나는 팔꿈치를 한번 보고는 주섬주섬 자리에서 일어났다.

"다시 해봐. 이번엔 좀 더 천천히 한 걸음 한 걸음 신경 써서."

종삼의 말에 상천이 대답 대신 고개를 끄덕이며 차분하게 왼발을 먼저 내디뎠다.

방금 전보다 느린 속도였지만 여전히 쉽지 않았다.

"어~!"

결국 중간에 가서 상천은 또 한 번 중심을 잃었고, 아까와 마찬가지로 왼쪽으로 넘어졌다.

아까 넘어졌을 때 팔꿈치가 쓸린 것을 의식했는지 이번에는 넘어지면서 몸을 살짝 틀어 등 쪽으로 넘어졌다. 심하게 넘어진 것은 아니었기에 순간적으로 통증은 있었지만 못 견딜 정도는 아니었다.

결국 상천은 날이 저물어 바닥에 그려놓은 표식이 보이지 않게 되었음에도 단 한 번도 끝까지 가보지 못하고 그날 수련을 끝냈다.

다음날.

아침 일찍부터 규화공 수련을 끝낸 상천은 연무장에 와서 털썩 주저앉아 무언가를 뚫어져라 쳐다보고 있었다.

아침 식사 후 설거지를 끝낸 종삼은 주방에서 나오다가 연무장에 주저앉아 있는 상천을 보고는 그리로 다가갔다. 그리고는 등 뒤에 서서 허리를 굽히고는 귀에 대고 물었다.

"뭐하냐?"

하지만 상천은 아무런 대답도 하지 않고 계속해서 바닥에 그려진 표식만 바라보고 있었다.

"직접 해보는 게 최고라니까. 그렇게 보고 있어봤자 아무런 도움도 안 된다."

이어진 종삼의 말에도 상천은 아무런 대꾸도 하지 않았다. 그러자 이상하게 생각한 종삼이 상천의 옆으로 옮겨가 옆에 쭈그리고 앉았다.

"뭐하는 거야?"

그렇게 중얼거린 종삼은 상천의 눈을 바라보았다.

상천의 눈은 천유보의 족적을 따라 열심히 움직이고 있었다.

"쓸데없는 짓 하고 있네. 직접 해보는 게 최고라니까."

그렇게 중얼거린 종삼이 다시 일어나 백룡문 밖으로 나갔다.

전날 직접 몸으로 펼쳐 본 천유보는 너무나 어려웠다.

순서를 안다고 해서 쉽게 할 수도 없었고, 발이 한번 꼬여 넘어지기라도 하면 여기저기가 까지고 멍이 들었다.

상천은 그것이 너무나 싫었다.

아픈 것도 싫었고, 자신이 직접 몸으로 익히는데 자꾸 안 되는 것도 싫었다.

빨리 익히고 싶은 마음도 컸다.

그래서 밤에 잠을 설쳐가면서 고민을 했다. 어떻게 하면 쉽고 빠르게 익힐 수 있을까에 대해서.

그러다가 생각이 미친 것이 바로 단월검 수련이었다.

각 초식 수련을 하면서 그 초식에 맞는 자연 현상을 상상해서 눈앞에 그려내고 그것을 바탕으로 수련을 해왔던 것을 응용할 수는 없을까 하는 생각을 하게 된 것이다.

그 결과물이 지금 연무장에 앉아 있는 상천의 눈앞에 펼쳐지고 있었다.

상천은 족적 위에 사람 형상의 환영을 만들어냈다.

완벽한 사람의 모습은 아니었지만 적어도 다리만큼은 또렷하게 보였다.

상천이 눈앞에 그려낸 환영은 천유보의 족적을 보더니 천천히 다리를 움직이기 시작했다.

'된다!'

될지 안 될지 확신이 없던 상황에서 만들어낸 환영이 족적대로 움직이기 시작하자 상천은 속으로 환호성을 질렀다.

　하지만 그것도 잠시, 상천은 이내 환영의 다리를 유심히 보며 관찰하기 시작했다.

　종삼이 말했던 것처럼 왼발부터 움직이기 시작한 환영은 처음 상천이 그랬던 것처럼 얼마 가지 못해 다리가 꼬이면서 그대로 고꾸라졌다.

　'거봐. 쉬운 게 아니라니까.'

　고꾸라지는 환영을 보며 상천이 속으로 중얼거렸다.

　마치 '내가 이상한 게 아니다' 라고 항변하는 것 같았다.

　쓰러진 환영이 얼른 몸을 일으키더니 다시 시작 부분에 가서 섰다. 그리고는 다시 움직이기 시작했다.

　상천은 뚫어져라 환영의 움직임을 바라보며 관찰을 시작했다. 그리고 곧 무서울 정도로 집중하기 시작했다.

　하루가 한 시진처럼 빠르게 흘러갔다.

　환영이 펼쳐 내는 천유보를 수백 번 이상 보면서 상천은 점차 천유보에 대해 이해하기 시작했고, 나름대로 방법을 찾아내기 시작했다.

　그리고 그것은 상천의 머릿속에서 정리되었고, 고스란히 천유보를 펼치고 있는 환영에 투영되었다.

　그러면서 시간이 흐를수록 환영은 완벽한 천유보를 펼쳐 낼 수 있게 되었다.

　처음에는 상천이 그랬던 것처럼 중간에 넘어지기 일쑤였

던 환영이 이제는 한 번도 넘어지지 않고 자유자재로 펼쳐 내고 있었다.

자신이 직접 몸으로 겪었어야 할 수많은 시행착오를 환영으로 하여금 대신 겪게 한 상천은 눈앞에서 환영을 지웠다.

그리고는 천천히 왼발부터 시작하여 천유보의 족적을 따라 움직이기 시작했다.

종삼이 천유보의 족적을 가르쳐 준 지 꼭 엿새 만의 일이었다.

상천의 훈련법은 성공적이었다.

비록 속도도 느리고 엉성한 부분이 많았지만 상천은 한 번도 넘어지지 않고 처음부터 끝까지 천유보를 밟을 수 있었다.

처음을 무사히 끝내고 난 다음부터는 일사천리였다.

천유보를 밟아가는 상천의 속도는 점차 빨라지고 있었다.

단순히 속도만 빨라지는 것이 아니라 천유보에 대한 숙련도 역시 가파른 속도로 올라가고 있었다.

종삼이 얘기했던 것처럼 왼발부터 정주행, 오른발부터 정주행은 물론이고 역주행도 점차 익숙해지고 있었다.

그뿐만이 아니었다.

자신의 상상력을 처음 발현하던 날 떠올렸던 것.

상천은 눈앞에 그린 환영으로 하여금 천유보를 밟게 하고 진기의 운용을 상상했다.

천유보를 밟는 환영의 위로 진기의 흐름이 그려지기 시작했다.

처음 단월검의 초식에 맞춰 진기를 운용했을 때와 마찬가지로 수차례 시행착오를 겪고 나서야 상천은 천유보를 펼치며 진기의 운용이 가능하게 되었다.

속도가 빨라지고 생각하지 않아도 다리가 먼저 움직이는 정도가 되자 벅찬 희열이 차올랐다.

단월검 첫 초식인 삭풍을 익혔을 때 못지않은 희열이었다.

시원한 바람이 그의 얼굴과 머리를 훑고 지나갔다.

천유보를 밟는 상천의 입가로 기분 좋은 미소가 번졌다.

＊　　　＊　　　＊

천유보를 익히고 나흘 정도의 시간이 흘렀다.

규화공 수련 후에 단월검 수련을 한 상천은 천유보 수련까지 한 후에 몸을 씻은 후 새로운 옷으로 갈아입었다.

평소와 다를 바 없는 모습이었지만 표정은 그렇지 않았다.

뭔가 결심한 듯한, 굳은 의지가 서려 있는 표정이었다.

옷을 다 입은 상천은 한쪽에 세워둔 목검을 들고 백룡문 밖으로 나가며 중얼거렸다.

"딱 기다려라."

백룡문을 나선 상천이 발걸음을 옮긴 곳은 옆 마을이었다.

저잣거리에 들어선 상천은 두 눈을 부릅뜨고 무언가를 찾기 시작했다.

그렇게 일각 정도 저잣거리를 돌아다니던 상천이 발걸음을 멈추고는 눈을 빛냈다.

'찾았다!'

상천의 시선이 닿은 곳에는 고봉 패거리가 있었다.

오늘도 저잣거리를 돌아다니면서 또래 아이들을 괴롭히고 있었다.

전혀 죄책감을 느끼지 않는 것 같은 미소를 띤 채.

잠시 동안 그들을 보고 서 있던 상천이 성큼성큼 발걸음을 옮겼다.

"야!"

상천이 큰 소리로 고봉 패거리가 있는 쪽을 향해 소리쳤다.

자신보다 덩치가 작은 아이를 괴롭히며 낄낄거리던 고봉이 상천 쪽으로 시선을 돌렸다.

"어라? 이게 누구야? 지난번에 개기다가 얻어터지고 질질 짜던 놈 아니야?"

상천을 알아본 고봉이 조소를 띤 채 말했다.

"너, 그런 짓 하면 재밌냐?"

상천이 고봉에게 물었다. 그러자 고봉이 어처구니없다는 듯 대답했다.

“그래, 재밌다. 왜? 또 쥐터지고 싶어서 나타났냐?”

“크크크!”

“낄낄낄!”

옆에서 듣고 있던 추명구와 하동이 재밌다는 듯 웃음을 터뜨렸다.

세 명의 신경이 상천에게 쏠려 있는 사이 괴롭힘을 당하던 아이는 서둘러 그 자리를 벗어났다.

“지랄 똥 싸고 있네.”

“뭐?”

상천의 한마디에 고봉 패거리는 미소를 거두고는 험상궂은 표정을 지었다.

쉭!

그런 그들에게 상천이 목검을 겨누었다.

이제는 그들에게 맞지 않을 자신도, 그리고 지지 않을 자신도 있었다.

“뭐 잘못 먹었냐? 돌았어? 이 새끼가 겁대가리를 상실했구만?”

그렇게 으름장을 놓으며 고봉이 상천에게 가까이 다가갔다.

“야! 잡아!”

고봉의 말에 추명구와 하동이 달려들었다.

비록 상천이 목검을 들고는 있었지만 아직 자신들보다 덩치도 작았고 수적인 우세도 있었기에 주저하지 않았다.

'후우…….'

상천은 심호흡과 함께 지금까지 수련했던 모든 것을 떠올렸다.

단월검, 천유보, 그리고 진기의 운용까지.

순식간에 그것들이 머릿속에 떠오르자 몸이 주저하지 않고 움직였다.

쉬익!

빡!

"악!"

상천은 자연스럽게 천유보를 밟으며 자신을 잡으려는 추명구의 손을 피한 뒤 단월검 초식대로 목검을 휘둘렀다.

'된다!'

목검에 팔을 정통으로 맞은 추명구는 팔이 부러진 것 같은 엄청난 통증에 비명을 지르며 바닥을 뒹굴었다.

그 모습을 본 하동 역시 쉽게 다가서지 못하고 있었다.

"멍청한 것들! 애 하나 가지고 뭐하는 거야? 비켜!"

그렇게 말하며 거칠게 하동을 밀쳐 낸 고봉이 직접 상천에게 달려들었다.

거대한 덩치를 가진 고봉이 자신에게 달려들자 조금은 긴장이 되었는지 침을 한 번 삼키기는 했지만 상천은 두려워하지 않았다.

방금 전 자신에게 달려들던 추명구와 하동이 뒤로 물러서

지 않았는가.

붕!

고봉의 주먹이 상천을 향해 날아왔다.

확실히 덩치만큼이나 꽤나 큰 힘이 실린 주먹질이었다.

상천은 침착하게 천유보를 밟았다.

"어라?"

고봉의 주먹이 상천을 비켜갔다. 천유보의 위력이었다. 가볍게 고봉의 주먹을 피한 상천이 목검을 휘둘렀다.

쉬익!

빡!

"으악!"

목검에 옆구리를 맞은 고봉이 뒤로 한 발짝 물러섰다. 그러자 상천도 더 공격하지 않고 거리를 둔 채 목검을 겨누고 있었다.

"이래도 내가 거지새끼냐? 이래도 내가 만만하게 보여?"

상천의 말에 고봉은 씩씩거리며 그를 노려보았다.

"그래, 이 개새끼야!"

고봉이 다시 한 번 상천에게 달려들었다.

하지만 결과는 똑같았다.

자신이 익힌 천유보와 단월검이 통한다는 것을 확인한 상천은 자신감이 하늘을 찌르고 있었다.

그다음부터는 상천의 시간이었다.

고봉이 계속해서 달려들었지만 상천은 천유보를 이용해 요리조리 피하며 고봉의 거대한 몸을 목검으로 두들겼다.

자신의 주먹은 하나도 맞지 않고 계속 상천의 목검에 두들겨 맞기만 하자 고봉은 정신이 하나도 없었다.

처음에는 상천이 만만하게 보였으나 점차 시간이 지날수록 무서워지기 시작했다.

결국 고봉은 울면서 빌었다.

"엉엉! 잘못했어! 엉엉! 그만! 그만해!"

고봉이 울면서 잘못했다고 빌자 상천은 휘두르던 목검을 거두었다.

더 이상 목검이 날아들지 않자 고봉은 그 자리에 주저앉아 더 큰 목소리로 목 놓아 울기 시작했다.

"엉엉!"

"시끄러!"

"엉엉!"

"조용히 안 해? 확!"

상천이 또 한 번 목검을 들어 올리자 고봉은 울음을 뚝 그쳤다. 그리고는 두려움이 가득 담긴 눈빛으로 상천을 올려다보았다.

"한 번만 더!"

"흐익!"

상천의 목검이 코앞까지 다가오자 깜짝 놀란 고봉은 두 눈을 질끈 감았다.

"여기서 애들 괴롭히면 혼난다!"

"……."

"대답 안 해?"

고봉에게서 대답이 없자 상천이 두 눈을 부릅뜨며 다시 물었다.

"…럴게."

"뭐? 안 들려!"

"아, 안 그럴게!"

"안 그런다고 했다! 응? 또 한 번 그러기만 해봐! 아주 확!"

상천이 다시 한 번 겁을 주자 고봉이 움찔하며 두 팔로 얼굴을 감싼 채 몸을 웅크렸다.

"사라져!"

상천의 말에 고봉 패거리는 서둘러 그 자리를 피해 도망갔다.

그 모습을 지켜보던 상천은 그들이 보이지 않자 웃음을 터뜨렸다.

당한 것을 돌려주었다는 통쾌함과 함께 자신이 지금까지 제대로 수련을 했다는 것에 큰 희열을 느꼈다.

第五章

일대기

시간은 더딘 듯하면서도 빠르게 흘러갔다.

제법 많은 시간이 흘렀지만 열여섯이 된 상천과 그만큼 더 늙은 종삼의 생활은 크게 달라지지 않았다.

많이 변한 겉모습만큼은 아니었지만 상천의 성격에도 약간의 변화가 있었다. 나이를 더 먹고 철이 들어서 그런 것인지는 모르겠지만 예전만큼 톡톡 튀기만 하지 않고 제법 차분해져 있었다.

하지만 딱 한 가지.

상천의 말투만큼은 변하지 않았다. 여전히 종삼에게 반말을 하고 아저씨라고 불렀다. 그리고 상천을 대하는 종삼의 말투 역시 변한 것이 없었다.

성격은 변했을지 몰라도 서로에 대한 두 사람의 태도와 말투는 습관처럼 굳어져 있었다.

그리고 서로 그런 것에 크게 개의치 않았다.

사실 그것은 상천이 나이가 들면서 어느 정도 철이 든 것도 일조를 했지만 진정한 원인은 규화공에 있었다.

상천은 신공이라 알고 있었지만 사실 규화공은 무공을 펼치는 데 있어서 위력을 더해주는 심법이라기보다는 심신의 조화에 좀 더 중점을 둔 심법이었다.

때문에 대성을 해도 쌓이는 내공은 그렇게 많지가 않았다.

그런 규화공이 어느덧 구성을 바라보고 있었으니 성격이 많이 차분해지는 것은 당연했다.

지난 시간 동안 상천은 단월검의 열 초식을 모두 익힌 상태였다.

제일초식 삭풍에서부터 마지막 초식인 역천(譯天)까지 무리없이 펼쳐 낼 수 있는 수준이 되었다.

하지만 최근 들어 상천은 더욱더 단월검에 매달리고 있었다.

그 이유는 간단했다.

단월검을 순차적으로 펼치는 데에는 문제가 없었지만 무작위로 펼치려 하면 걸리는 부분이 한두 군데가 아니었기 때문이다.

특히나 삼초식인 겹화에서 육초식인 파석(破石)으로 넘어갈 때와 일초식인 삭풍에서 팔초식인 단월(斷月)로 연결되는 부분에서는 답이 없었다.

이미 수천 번 검을 휘두르며 익힌 초식임에도 도저히 팔이 움직일 수 없을 정도로 막막했다.

이처럼 답답할 때가 없었다.

그동안 수련을 하면서 막히는 부분이 없었던 것은 아니다. 하지만 그럴 때마다 상천이 가지고 있는 특유의 상상력이 엄청난 도움이 되었다.

종삼이 딱히 큰 가르침을 주지 않고 있음에도 상천 혼자서 여기까지 올 수 있었던 가장 큰 이유다.

하지만 이번만큼은 달랐다.

아무리 눈앞에 환영을 만들어 수천 번 반복을 해봐도 해결이 되지 않았다.

상천이 만들어낸 환영도 딱히 해결책을 제시하지 못했다.

당연한 것이 환영이 하는 것을 눈으로 보면서 문제점을 찾아야 해결책도 나오는데, 상천은 그 원인을 발견하지 못했기 때문이다.

그 때문에 상천은 백룡신권을 가르쳐 주겠다는 종삼의 말에 고개를 저었다.

지금 마주친 단월검의 문제부터 해결하고 넘어가야겠다는 그의 고집 때문이었다.

그렇게 상천은 하루하루를 보내고 있었다.

눈이 너무 피곤해서 시큰거릴 때까지 연무장에 앉아 환영이 펼쳐 보이는 단월검을 보고 있던 상천은 잠시 쉬기 위해 그대로 누워버렸다.

해가 중천에 떠 있을 시간이었지만 금방이라도 비를 뿌릴 것 같은 먹구름이 하늘을 뒤덮고 있어 그렇게 밝지도 뜨겁지도 않았다.

습도가 높기는 했지만 그래도 제법 선선하게 부는 바람에 살짝 미소를 짓고 있던 상천이 살짝 눈을 떴다.

"젠장."

그렇게 중얼거린 상천이 훌쩍 자리에서 일어났다.

후두두둑!

얼굴에 떨어진 한줄기 빗방울에 눈을 뜨고 자리에서 일어선 상천이 서둘러 처마 밑으로 들어가고 나자 곧바로 비가 쏟아지기 시작했다.

"오랜만에 오는 비네."

시원하게 쏟아지는 빗줄기를 바라보며 상천이 중얼거렸다.

그렇게 상천은 간만에 쏟아지는 빗줄기를 바라보며 멍하니 서 있었다.

"에효, 오늘은 왠지 아무것도 하기가 싫구나. 그냥 쉬자."

이제껏 하루도 수련을 거른 적이 없는 상천이 그렇게 중얼거리며 안으로 들어갔다.

안으로 들어온 상천은 계속해서 굵어지기만 하는 빗줄기 소리를 들으며 벽에 기대어 앉아 있었다.

벽에 기대앉아 있는 상천은 아무런 생각도 없이 그저 멍하니 앉아 있었다. 눈에는 초점도 없었고, 머릿속은 백지처럼 하얗기만 했다.

"하암! 졸린데?"

아무것도 하지 않고 앉아 있었기 때문인지 슬슬 졸음이 몰려오기 시작하자 상천은 바닥에 벌러덩 누워버렸다.

그리고는 얼마 지나지 않아 잠에 빠져들었다.

한번 내리기 시작한 비는 그칠 줄을 몰랐다.

굵어졌다가 약해지기를 반복하더니 한 식경 전부터는 폭우 수준의 비가 계속해서 쏟아지고 있었다.

바람도 제법 불어 비가 수직으로 내리는 것이 아니라 거의 수평으로 휘몰아치고 있었다.

자면서 이리 구르고 저리 구르던 상천은 어느새 한쪽 벽에 찰싹 붙어 있었다.

그런데 하필이면 그 벽에 있는 창문이 살짝 열려 있었다.

그 때문에 안쪽으로 조금씩 비가 들이치기 시작했고, 상천의 옷은 점점 젖어갔다.

자신의 옷이 젖어가는 것도 모르고 잠에 빠져 있던 상천은 점점 축축해져 가는 느낌에 조금씩 깨고 있었다.

휘이이잉!

갑자기 지금까지보다 더 강한 바람이 한차례 창문 쪽으로 불어왔고, 그 바람을 타고 빗방울이 안쪽으로 후두두 소리와 함께 들이쳤다.

"아! 뭐야!"

갑자기 얼굴 쪽으로 많은 양의 빗방울이 떨어지자 깜짝 놀라 소리치며 잠에서 깬 상천은 그제야 자신의 옷이 제법 많이 젖어 있다는 것을 알아차렸다.

"아~ 뭐야! 비!"

자신의 옷이 젖은 것이 창문으로 비가 들이쳤기 때문이라는 것을 알아차린 상천은 자리에서 일어나 신경질적으로 창문을 닫았다.

탁!

"아~ 찝찝해. 얼마나 들이친 거야?"

인상을 찌푸린 채 축축하게 젖은 자신의 옷을 내려다보던 상천이 가장 많이 젖은 상의를 훌러덩 벗었다.

그러자 그동안 수없이 검을 휘두르고 보법을 연마하며 단련된 근육들이 물기를 머금고 꿈틀거렸다.

"에잇! 말려야겠네. 일단 좀 닦고."

그렇게 말한 상천이 주변을 둘러보며 바닥에 흐른 물을 닦아낼 걸레를 찾기 시작했다.

하지만 딱히 닦을 것이 보이지 않자 손에 든 젖은 상의로 대충 한 번 슥 닦은 상천이 옷을 들고 주방 쪽으로 향했다.

주방으로 간 상천은 근처에 있는 화섭자로 아궁이에 불을 지폈다. 그런 다음 적당한 길이의 나뭇가지에 옷을 걸고 그 앞에 가만히 들고 있었다.

"이걸 언제 말리고 있냐."

그렇게 중얼거린 상천이 주방 안을 두리번거렸다.

계속해서 나무에 젖은 옷을 들고 있자니 팔이 아파오기 시작했기 때문이다.

"어디 보자……."

그렇게 중얼거리며 젖은 옷을 든 채로 주방을 기웃거리던 상천이 한쪽 구석에 놓인 지게 비슷한 것을 찾아냈다.

"저기다가 걸쳐 놓으면 되겠다."

그렇게 중얼거린 상천이 나뭇가지에 걸어놓은 옷을 든 채로 그쪽으로 걸어갔다.

"웃샤!"

그리 크지는 않았지만 제법 무게가 나가는 그것을 들어 올린 상천의 눈에 뭔가가 들어왔다.

"뭐지 이건?"

벽과 벽이 만나는 모서리 부분이 조금 부서져 있었는데 그 안에서 뭔가가 보인 것이다.

"아닌가? 잘못 본 건가?"

상천은 들고 있던 지게와 옷을 아궁이 앞에 내려놓고는 부서진 모서리 부분으로 바짝 다가갔다. 그리고는 손으로 그 부분을 살짝 뜯어내었다.

"뭐가 있는데?"

모서리 부분을 조금 더 뜯어내자 자그마한 상자 같은 것이 보였다.

"상자?"

확실히 뭔가가 있다는 것을 확인한 상천이 벽을 조금 더 뜯어냈다. 종삼이 그 모습을 보았다면 한소리 했겠지만 그런 것은 이미 상천의 머릿속에 없었다.

조금 더 벽을 뜯어내자 상자를 꺼낼 수 있을 정도의 구멍이 생겼고, 상자를 꺼낸 상천은 그 자리에 주저앉았다.

"뭘까?"

어른 손바닥 두 개를 나란히 모은 정도의 크기였다.

끼익!

낡은 경첩이 힘겨운 울음을 토해내며 상자가 열렸다.

"책?"

상자 안에 들어 있는 것은 책이었다.

보통 크기의 책보다 한참 작은 크기였지만 분명 책은 책이었다.

"이건 뭐야?"

안에서 책을 꺼내고 상자를 옆에 내려놓은 상천은 천천히 책을 펼쳐 보였다.

책이 작은 만큼 안쪽의 내용도 작은 글씨로 빼곡하게 적혀 있었다.

"뭐가 이렇게 작아……."

상천이 살짝 인상을 찌푸리며 중얼거리고는 작은 글씨들을 읽기 시작했다.

"난 백룡문 사십대 문주 호천강이다. 이 책의 내용은 내가 살면서 있었던 일들을 적어놓은 일대기로써 이 책을 발견한 후인에게 도움이 되었으면 하는 바람에 적는다. 호천강? 사십대 문주?"

종삼 외에 전대 문주들에 대해서는 들어본 적이 없는 상천에게 호천강이라는 이름은 낯설 수밖에 없었다.

"대단한 사람인가? 이런 것도 쓰고?"

그렇게 중얼거리며 상천이 자리에서 일어나 책을 들고 방쪽으로 발걸음을 옮겼다. 이미 아궁이 앞에 있는 젖은 옷은 안중에도 없었다.

방으로 돌아온 상천은 새 옷을 입을 생각도 하지 않고 그냥 주저앉아서 책을 읽기 시작했다.

"뭔 놈의 비가 이렇게 쏟아지는지. 한동안 잠잠하다 싶었더니만 엄청나게 쏟아지는구나!"

그렇게 말하며 옷에 묻은 물기를 털어낸 종삼이 방으로 들어왔다. 그의 눈에 웃통을 벗고 앉아 책을 읽는 상천이 보였다.

"옷 벗고 뭐하냐?"

"아, 아저씨 왔어? 아저씨, 이거 뭔지 알겠어? 조금 아까 주방에서 찾은 건데."

그러면서 상천이 종삼에게 자신이 찾은 호천강의 일대기를 보여주었다.

"뭔데?"

책을 받아 든 종삼은 첫 장을 펼쳐 보자마자 인상을 찌푸리며 덮어버렸다. 그리고는 다시 상천에게 건네주었다.

"왜 그래?"

"대단한 거 아니다. 이런 거 몇 개 더 있어."

그렇게 말한 종삼이 한쪽에 놓여 있는 서랍 안에서 책 몇 권을 꺼냈다.

"자, 봐라. 내용도 똑같을걸."

상천은 종삼이 던져준 책 중 한 권을 들어 자신이 찾은 책과 비교를 해보았다.

역시나 종삼의 말처럼 글자 하나 안 틀리고 똑같았다.

"에이, 뭐야? 난 또 보물 찾은 줄 알았네."

상천의 말에 종삼이 어이없다는 듯 웃으며 말했다.

"보물? 그게 보물이면 세상에 보물 아닌 게 없겠다. 하하하!"

종삼의 말에 인상을 찌푸린 상천은 책을 내려놓고 상의를 꺼내 입었다.

"그런데 웃통은 왜 벗고 있었냐?"

"자다가 빗물이 들이치는 바람에 젖었어."

"그럼 주방은 왜 갔고?"

"옷 말리러."

"그럼 옷은 어딨는데?"

"당연히 주방에……."

그렇게 중얼거린 상천이 생각났다는 듯 자리에서 벌떡 일어났다.

"설마 타진 않았겠지?"

"방이 이렇게 후끈후끈한데, 불을 얼마나 지핀 거야?"

상천은 종삼의 물음에 대답도 하지 않고 서둘러 주방으로 향했다.

그리고 잠시 후, 상천의 절규가 울려 퍼졌다.

"으아악! 구멍 났다!"

종삼이 한숨과 함께 고개를 저었다.

아궁이 불을 너무 많이 지핀 상태에서 젖은 옷을 가까이 두는 바람에 상천의 옷에는 살짝 구멍이 나 있었다. 조금만 늦었어도 구멍이 더 커지는 것은 둘째치고 불이 날 수도 있었다.

어쨌든 구멍 난 옷을 버린 상천은 방으로 돌아와 호천강의 일대기를 읽어내려 가기 시작했다.

"그거 읽어서 뭐하려고? 시간낭비다."

백룡문 선조의 일대기를 읽고 있는 제자에게 할 말은 아니었지만 종삼은 상천에게 그것을 권하지는 않았다.

물론 그렇다고 해서 읽는 것을 뜯어말리지는 않았지만 탐탁지 않게 생각하고 있는 것은 분명했다.

이유는 간단했다.

자신도 처음에 호천강의 일대기를 찾았을 때 희대의 보물을 찾은 것처럼 큰 기대를 했고, 그것을 다 읽고 난 이후에 크게 실망했기 때문이다.

그의 일대기는 말 그대로 일대기였다.

지금까지 그가 살아오면서 겪은 일들을 적당한 과장을 섞어 적어놓은 것에 불과했다.

그 과정에서 얻은 깨달음 한 줄 적혀 있지 않았기 때문에 그것을 읽고 종삼이 얻을 수 있는 것은 아무것도 없었다.

자신이 느꼈던 그런 것을 똑같이 느끼게 될까 봐 종삼은 상천이 그것을 읽지 않길 바라고 있었다.

하지만 그런 종삼의 바람과 달리 상천은 일대기를 너무 재밌게 읽고 있었다. 마치 서점에 가면 널려 있는 소설을 읽는 것 같았다.

간혹 감탄사를 내뱉기도 하고 안타까운 탄성을 내뱉으며

완전히 몰입해 있었다.

"재밌냐?"

"어! 재밌어!"

상천은 고개도 돌리지 않고 시선을 책에 고정시킨 채 입으로만 대답했다.

"너무 빠지지 마라. 수련 빼먹지 말고."

"그런 걱정은 안 해도 돼. 뭐야? 여기서 왜? 아 놔!"

어떤 부분을 읽고 있었는지 모르겠지만 갑자기 상천이 흥분하며 소리쳤다.

그런 상천을 보며 고개를 저은 종삼이 밖으로 나갔다.

다음날.

호천강의 일대기를 읽느라 늦게 잔 상천은 겨우 눈을 뜨고 규화공 수련을 위해 밖으로 나갔다.

제대로 눈을 뜨지 못하고 그마저도 빨갛게 충혈되어 흐느적거리며 걷는 모습이 마치 시체가 일어나 걷는 것 같았다.

어렵사리 수련하는 곳으로 가 규화공 수련을 한 상천은 한층 개운해진 상태로 단월검 수련을 위해 목검을 들고 연무장에 섰다.

"하아……."

하지만 단월검 수련을 위해 연무장에 서 있으니 가장 먼저 나오는 것은 한숨이었다.

상천이 잠시 동안 검을 들고 머뭇거리고 있는 것을 보고 있던 종삼이 한심스럽다는 표정으로 소리를 꽥 질렀다.

"수련 안 하고 뭐하고 있냐! 어제 밤늦게까지 그거 읽더니 멍 때리고 있냐!"

종삼이 버럭 소리를 지르자 슬쩍 그를 한번 본 상천은 아예 연무장 바닥에 주저앉았다.

"얼씨구?"

어이없다는 반응을 보이기는 했지만 종삼은 그 이후로 더 말을 하지는 않았다.

적어도 상천이 수련을 위해 연무장 위에 있을 때에 하는 행동은 전부 무공 수련과 관련된 것이라는 사실을 잘 알고 있기 때문이었다.

연무장에 주저앉은 상천은 눈앞에 또 다른 환상을 그려내고 있었다.

상천의 눈앞에 희미하게 두 사람의 형상이 그려졌다.

또렷하지는 않았지만 한 명은 검을 든 채 서 있었고 다른 한 명은 두 주먹을 말아 쥐고 있었다.

검을 든 사람은 다름 아닌 호천강이었고, 주먹을 쥔 사람은 과거 귀주성에서 이름을 날리던 여권문의 문주 매거풍이었다.

지금 상천이 눈앞에 그려내고 있는 상황은 호천강의 일대기에서 읽은 상황이었다.

호천강의 일대기에는 몇몇 비무가 제법 상세하게 표현되어 있었는데, 그것을 바탕으로 눈앞에 두 사람의 비무 상황을 그려내고 있는 것이었다.

잠시 동안 대치하던 두 환영이 움직이기 시작했다.

그러자 상천의 눈이 빛나기 시작했다.

상천이 자리에서 일어난 것은 반 시진 후였다.

두 환영의 비무는 한 식경이 조금 넘은 시각에 끝이 났고, 나머지 시간 동안 비무를 보면서 느낀 것을 정리하고 일어난 것이다.

자리에서 일어난 상천은 한번 고개를 갸웃하더니 목검을 들어 올렸다.

"거기서 어떻게 그런 움직임이 나오지?"

상천은 호천강이 펼쳤던 단월검을 떠올리며 중얼거렸다.

자신이 익힌 초식들로는 호천강과 같은 검로를 그릴 수가 없었다.

"이렇게 되는 건가?"

상천이 천천히 검을 휘둘렀다. 마치 처음 검법 수련을 시작했을 때처럼 신중하게 검을 움직였다.

"이게 아닌데? 여기서 이 초식이 어떻게 이렇게 되는 거야?"

상천이 도저히 알 수 없다는 듯 중얼거렸다.

"뭐가 빠진 건가? 아니면 잘못 익힌 건가? 뭐지?"

그렇게 중얼거린 상천은 다시 바닥에 주저앉았다. 그리고는 아까처럼 호천강과 매거풍의 비무를 다시 눈앞에 그려내었다.

그렇게 다섯 번을 더 본 상천이 다시 목검을 들고 일어섰다.

"여기서 검을 이렇게 휘두르고… 천유신보를 이렇게 밟아서 돌고… 검을 이렇게 꺾… 여기서! 이게 어떻게 되냐고!"

호천강이 펼친 검법을 떠올리며 그대로 따라 해보던 상천이 어느 순간 버럭 화를 내며 자세를 바로 했다.

"도저히 안 되는데?"

호천강이 펼친 검로대로 검을 휘두르면 어느 순간 몸에 심한 무리가 왔다. 스스로 나름 유연성이 있다고 생각하고 있던 상천이 고개를 저을 정도였다.

"무슨 연체동물이야? 여기서 이게 어떻게 돼?"

상천이 혀를 내두르며 고개를 저었다.

"분명 뭔가가 있어……."

상천이 턱을 매만지며 중얼거렸다.

그것을 멀리서 지켜보고 있던 종삼이 한마디 툭 던졌다.

"있긴 개뿔……."

다음날부터 상천의 일과가 조금 바뀌었다.

규화공 수련을 마치고 나면 정오가 될 때까지 눈앞에 호천강의 비무들을 그려보았다.

종삼의 말에 따르면 호천강이 백룡문의 문주들 중 실력이 있는 축에 속했다고 하니 분명 그의 비무에서 얻을 것이 많을 거라는 생각 때문이었다.

정오까지 호천강의 비무를 눈앞에 그리고 나면 상천은 식사 준비가 될 때까지 그 자리에 가만히 앉아 조금 전에 본 비무를 상기하며 정리했다.

그 이후 식사를 한 뒤 오후에는 연무장에서 직접 검을 휘둘렀다.

검을 휘두르는 상천의 모습은 굉장히 진지했다.

단월검을 완벽하게 익혀내고자 하는 열정이 그 어느 때보다 높아 보였다.

지금까지도 그래 왔지만 종삼은 상천이 하는 것을 가만히 지켜보기만 했다.

자신은 호천강의 일대기에서 얻은 것이 없었지만 상천은 무언가를 얻어가는 중이었다.

이런 상황에서 종삼이 해줄 수 있는 것은 없었다.

연무장에 서서 고심하고 있는 상천을 뒤로하고 종삼은 조용히 백룡문 밖으로 자리를 피했다.

상천의 수련은 해가 저물어도 계속되었다.

종삼이 무리하지 말고 쉬라며 말렸지만 상천은 괜찮다며 계속해서 수련에 매진했다.

해가 저물어 어두컴컴해졌지만 그런 것은 문제가 되지 않았다.

달빛을 조명 삼고, 별빛과 시원한 바람을 벗 삼아 상천은 나름대로 기분 좋게 검을 휘두르고 있었다.

상천은 호천강의 비무를 다시 한 번 머릿속으로 떠올리며 느릿느릿하게 검을 휘두르고 있었다.

지금 중요한 것은 속도가 아니라 교정이었기 때문이다.

어느 정도 과장이 있을 수 있다는 종삼의 이야기를 들은 터라 냉정하게 호천강의 움직임을 되새기며 필요한 것을 뽑아내고 있었다.

'불필요한 움직임은 버려야 돼.'

그런 생각과 동시에 상천의 눈앞에 그려지고 있는 호천강의 동작이 간소화되기 시작했다.

상천이 익힌 단월검이 바탕이 되고 쓸데없이 크고 굳이 필요하지 않은 동작들이 줄어들자 상천이 알고 있는 초식들이 눈에 들어오기 시작했다.

'역시……'

과장된 것이 확실했다.

어떻게 해서 그런 움직임이 나올 수 있는지 의아했던 부분들도 많이 해소가 되고 있었다.

하지만 여전히 상천이 알고 있는 초식들로는 펼쳐 내기 어려운 동작들이 제법 남아 있었다.

'겹화다.'

눈앞의 호천강이 겹화의 초식을 펼쳐 내고 있었다.

상천은 재빨리 자세를 잡으며 호천강의 동작을 따라 하기 시작했다.

'여기서 파석으로 연결되는 건가?'

눈앞의 호천강은 단월검 삼초식인 겹화에서 팔초식인 파석으로 자연스럽게 연결하고 있었다. 하지만 상천은 그렇게 할 수가 없었다.

'중간에 뭔가가 빠져 있어.'

그렇게밖에 생각할 수가 없었다.

호천강이 펼친 겹화와 파석은 자신이 알고 있는 것과 똑같았다. 물론 약간의 변초가 섞이기는 했지만 크게 달라진 것은 없었다.

'뭐가 빠졌지?'

상천은 검을 멈추고 다시 한 번 호천강의 움직임을 관찰했다.

종전보다 느린 움직임으로 초식을 펼치는 호천강의 움직임을 상천은 눈 하나 깜짝하지 않으며 보고 있었다.

'그럼 그렇지……'

군더더기를 빼버리고 나니 좀 더 확실한 검로가 보이기 시

작했고, 그 상태에서 호천강의 움직임을 관찰하니 차이점을
발견할 수 있었다.

'초식을 똑같이만 펼쳐서는 안 되는 거였어. 힘을 어떻게
조절하고 진기를 어떻게 운용하느냐에 따라 연환은 무궁무진
하게 늘어날 수 있겠군.'

새로운 것을 하나 알게 된 상천의 입가로 미소가 번졌다.

지금 알아낸 것이 모든 문제를 해결해 줄 수는 없겠지만 그
래도 자그마한 부분을 해결해 내었다는 사실이 상천에게 큰
기쁨을 가져다주었다.

"좋았어! 이제부터 시작이다!"

상천의 진정한 단월검 수련이 시작되었다.

그리고 세월은 흘러갔다.

第六章
갈등

일 년이라는 시간이 훌쩍 지나갔다.

기다면 길고 짧다면 짧을 수 있는 일 년이라는 시간 동안 상천은 단 하루도 단월검 수련을 게을리하지 않았다.

하지만 그런 상천의 노력에 비해 단월검의 성취는 생각보다 빠르지 않았다.

호천강의 비무를 보며 문제점을 찾아내기는 했지만 시간이 지날수록 상천은 점점 더 혼란에 빠지고 있었다.

처음에는 호천강의 검법을 통해 자신에게 부족한 운용과 조절에 대한 것을 알게 되고, 그것을 통해 단월검을 다듬을 수 있었다.

그것 때문에 일 년이라는 시간 동안 상천은 오로지 무공 수련하는 재미에 빠져 살았다.

하지만 그것이 모든 것을 해결해 주지는 못했다.

끊임없이 막히는 것이 있었고, 어떤 것은 도저히 어떻게 해야 할지 답이 안 나오는 경우가 생겼다.

그 때문에 상천은 시간이 갈수록 지쳐가고 있었다.

그런 상천의 모습은 겉으로도 확연하게 드러나고 있었다. 그럼에도 종삼은 예나 지금이나 똑같이 상천에게 별다른 가르침이나 조언을 하지 않았다.

처음 백룡문에 와서 종삼으로부터 무공을 배우기 시작해서 지금까지는 종삼이 별다른 조언을 하지 않아도 스스로가 헤쳐 나갈 수 있었기 때문에 크게 신경 쓰지 않았다.

하지만 자꾸 버거운 한계에 부딪치게 되고 막막함만 커져가자 종삼에 대한 원망이 조금씩 생겨나고 있었다.

사춘기에 접어든 상천은 전과 다르게 그런 불만들을 조금씩 종삼에게 털어놓기 시작했고, 그러다 보니 두 사람 사이에 충돌이 잦아졌다.

사춘기라 감정 기복이 심해진 상천은 종삼에게 이따금 심한 말을 할 때도 있었다.

그럴 때면 종삼은 겉으로는 상천을 나무랐지만 언제나 슬픈 눈빛으로 뒤돌아섰다.

지난 일 년 동안 상천과 종삼의 사이는 그렇게 흘러왔다.

제법 해도 많이 짧아지고 두꺼운 옷을 입지 않으면 추위가 느껴질 정도로 겨울이 가까워지고 있었다.

사람들은 저마다 월동 준비를 하느라 분주했지만 백룡문은 딱히 다른 준비를 하지 않았다. 그저 겨울에 대비해 장작을 더 많이 준비하는 정도에 불과했다.

종삼은 아침부터 나무를 하러 다니기에 바빴다.

그러다 보니 전에 비해 상천 혼자 남아 있는 시간이 늘어났고, 자연스럽게 둘 사이에 감정 상할 일도 거의 없었다. 그리고 어떤 때에는 속 편하다는 생각이 들기도 했다.

"후……."

연무장에 홀로 앉아 있던 상천이 길게 한숨을 내쉬었다. 답답함이 오래 지속되다 보니 늘어가는 건 한숨뿐이었다.

"갑갑해."

문득 연무장에 앉아 백룡문을 스윽 훑어보던 상천이 중얼거렸다.

"좀 나갔다 올까?"

그렇게 중얼거린 상천이 백룡문을 나섰다.

상천은 이번에도 옆 마을로 발걸음을 옮겼다.

오랜만에 왔지만 옆 마을의 분위기는 여전했고, 전혀 어색하지 않았다.

저잣거리에 접어든 상천은 부지런히 발걸음을 옮겼다.

부지런히 걸어 상천이 도착한 곳은 다름 아닌 자신이 종삼을 따라 백룡문으로 가기 전 생활한 곳이었다.

"다들 아직 있으려나?"

백룡문 밖으로 나오지 못했던 것도 아니고 옆 마을도 자주 왔건만 정작 예전에 살던 곳에 와볼 생각은 하지 못했다.

그래서 이번 기회에 마음먹고 찾아온 것이다.

"여긴 변한 게 없구나."

그렇게 중얼거린 상천이 보일 듯 말 듯한 미소를 지으며 주변을 둘러보았다.

어설프게 판자로 만들고 제대로 된 문이 없어 거적때기로 대충 막아놓은 가건물이 몇 개 있었고, 네다섯 살 정도로 보이는 아이들 몇 명이 콧물을 흘리며 뛰어다니고 있었다.

그 모습을 지켜보던 상천이 품을 뒤졌다.

평소에 돈 쓸 일이 거의 없는 상천은 지금 당장 가진 돈이 거의 없었다. 기껏해야 동전 몇 문 정도밖에 되지 않았다.

"이거 가지고는 살 수 있는 게 없겠는데……."

그렇게 중얼거린 상천이 씁쓸한 미소를 지은 채 가건물 앞에서 뛰어놀고 있는 아이들을 잠시 동안 바라보고 있었다.

"애들아."

잠시 후, 상천이 나직이 아이들을 불렀고, 그 목소리에 놀던 것을 멈춘 아이들이 경계심 가득한 눈빛으로 상천을 바라보았다.

그중 제법 강단있어 보이는 아이 한 명이 다른 아이들 앞을 막아섰고, 다른 아이들은 그 뒤에 숨은 채 상천을 쳐다보고 있었다.

"너희밖에 없니?"

"누구세요?"

다른 아이들 앞에 서 있는 아이가 상천에게 물었다. 제법 용기있는 모습이었지만 목소리는 떨리고 있었다.

"예전에 여기에 살았던 형이야. 어른들은 안 계시니?"

"정말 예전에 여기 살았어요?"

아이는 상천의 물음에 대답하지 않고 계속해서 자신이 궁금한 것만 묻고 있었다.

"그래. 진짜로 여기 살았어. 이제 형 말에 대답해 줄래? 너희만 있니?"

그러자 아이들이 도리질을 쳤다.

"뭐야? 누구야?!"

그때, 상천의 뒤쪽에서 굵은 청년의 목소리가 들렸다.

상천은 천천히 몸을 돌렸다.

많이 굵어지기는 했지만 아직은 예전의 낯익은 목소리가 남아 있었다.

"어?"

상천이 뒤돌아 그를 바라보자 청년 역시 낯익은 얼굴에 눈을 동그랗게 떴다.

"오랜만이야, 병목 형."

"어? 너, 천이 맞지?"

병목의 물음에 상천이 고개를 끄덕였다. 그러자 병목이 반가움에 두 팔을 벌리며 상천에게 다가갔다.

"반갑다! 아차! 하하하!"

반가운 나머지 상천을 끌어안으려던 병목이 말끔한 상천의 옷과 더러운 자신의 옷을 번갈아 바라보며 멈칫하고는 멋쩍은 웃음을 흘렸다.

"잘 지냈어?"

"잘 지냈지. 넌? 아, 옷 보니 잘 지낸 거 같다. 다행이다, 정말."

병목이 진심으로 기뻐하는 말투로 환하게 웃어 보였다. 땟물이 줄줄 흐르고 드러나는 치아는 누렇게 변색되었지만 상천이 보기에는 그 어떤 웃음보다 아름답고 멋있게 보였다.

"형만 있어? 다른 애들은?"

"아, 이제 곧 올 거야. 시간 됐어."

그의 말이 끝나기가 무섭게 왁자지껄한 소리가 들리더니 낯익은 얼굴들이 하나둘씩 보이기 시작했다.

다들 많이 자라기는 했지만 아직까지 예전의 모습을 대부분 간직하고 있어 알아보는 데 어렵지 않았다.

"다들 빨리 와봐! 누가 왔는지 보면 깜짝 놀랄걸!"

병목이 능장부리며 돌아오는 동생들에게 손짓을 하며 소리쳤다.

"왜? 누가 왔는데?"

돌아오는 무리 중 여자 한 명이 물었다. 그러다가 상천의 얼굴을 보고는 그 자리에 우뚝 멈춰 섰다.

"오랜만이야!"

상천이 손을 들어 흔들며 그들을 반겼다.

그러자 그의 얼굴을 확인한 사람들 모두 너무 놀라 그 자리에 멈춰 서서 멍하니 상천의 얼굴만 바라보았다.

"왜들 그래? 천이잖아. 못 알아보겠어? 안 반가워?"

병목의 말에도 그들은 쉽게 발걸음을 떼지 못했다. 그 모습에 손을 들고 있던 상천이 뻘쭘해져 손을 내리며 어색한 미소를 지었다.

"왜들 저러지?"

그렇게 중얼거린 병목이 그들에게로 다가갔다. 하지만 그들의 시선은 전부 상천에게 고정되어 있었다.

"왜들 이래? 천이가 오랜만에 왔잖아. 다들 보고 싶어 했으면서 왜 이래?"

그 물음 때문일까.

그들 중 가장 어려 보이는 소년 한 명이 울먹이기 시작했고, 그것이 전염되었는지 다른 사람들까지도 전부 다 울먹이기 시작했다.

“얼라리? 뭐야? 단체로.”

그 모습을 보고 병목은 어이없다는 듯 한마디 던졌고, 그 말을 기점으로 사람들이 하나둘씩 상천에게로 다가가기 시작했다.

“으앙! 형!”

가장 먼저 울먹였던 소년이 울음을 터뜨리며 상천에게 와락 안겼고, 다른 아이들 역시 상천을 붙들고 울었다.

“내가 너무 오랜만에 왔지?”

옷이 더러워지는 것은 조금도 신경 쓰지 않은 채 상천은 자신에게 다가온 사람들과 일일이 눈을 마주치며 인사를 나눴다.

상황이 이렇게 되자 상천을 경계하던 아이들은 눈만 껌뻑이며 그 모습을 바라보고 있었다.

“죽은 사람이 살아 돌아온 것도 아니고, 왜들 이래? 천이 당황하게.”

병목이 상천에게 달려들었던 아이들을 떼어내며 말했다. 그에 다들 떨어지기는 했지만 아직까지 훌쩍이고 있었다.

“괜찮아. 놔둬.”

상천이 웃으면서 병목에게 말했다.

그렇게 아이들은 한 식경 정도를 더 훌쩍거리다가 하나둘 진정하기 시작했다.

진정한 아이들은 코흘리개 아이들에게 먹을 것을 나눠 주기 시작했다.

배불리는 아니어도 허기를 달래기에는 충분한 양이었다.

그 모습을 잠시 바라보고 있던 상천이 입을 열었다.

"뭐라도 좀 사가지고 왔어야 하는데……."

"뭘 사가지고 와. 괜찮아. 우리도 나름 먹고살 만해."

상천의 말에 병목이 고개를 저었다.

"다들 잘 지내고 있는 거 보니까 안심이야."

"너도 잘 지낸 거 같아서 다행이다. 그때 그 아저씨 따라간다고 했을 때 걱정 많이 했는데."

병목의 말에 상천이 미소를 지으며 말했다.

"형도 알잖아. 난 어디 가서든 굶어 죽지는 않아."

"하긴, 너니까."

상천의 말에 병목도 누런 치아를 드러내며 환하게 웃었다.

"그동안 어떻게 지냈어? 얘기나 좀 들어보자. 칠 년 만에 나타났으니 할 얘기도 많겠지?"

그 말에 상천도 환하게 웃으며 고개를 끄덕였다.

"자, 다 먹었으면 이제 들어가자! 여기 이 형이 재밌는 얘기 해준대!"

병목이 박수를 치며 아이들을 건물 안쪽으로 데리고 들어가자 상천도 그 뒤를 따랐다.

상천이 그곳을 떠난 것은 저녁때가 다 되어서였다.

해가 많이 짧아져 그렇게 늦은 시간이 아닌데도 금방 날이
어두워지고 있었다.

상천이 떠난다고 하자 잠든 아이들을 제외한 모든 사람들
이 그를 배웅하기 위해 따라 나왔다.

"조심해서 가."

"알았어. 형도 잘 지내고 있어. 또 올게."

"안 그래도 돼. 넌 우리랑은 다른 사람이야. 넓은 세상에서
활개 칠 사람."

병목의 말에 상천이 살짝 미소를 지었다.

"또 올게."

그 말을 남기고 상천이 몸을 돌렸다.

오랜만에 회포를 푼 상천은 기분 좋게 백룡문으로 돌아왔
다. 이미 날이 어두워진 이후라 종삼은 귀가를 한 상태였다.

"어디 갔다 왔어?"

"그냥 바람 좀 쐬러."

둘 사이의 대화는 무미건조했다. 지난 일 년 간 변한 두 사
람 사이의 모습이었다.

"일찍 다녀. 점점 해도 짧아지는데."

"알았어."

무뚝뚝하게 대답하는 상천을 보던 종삼이 뭐라 한마디 하
려다가 말고는 안으로 들어갔다.

저녁 식사를 하는 자리에서도 두 사람은 대화 없이 묵묵히 밥만 먹었다.

고개를 드는 경우도 거의 없었고 둘 다 고개를 숙이고 먹는 데에만 집중할 뿐이었다.

"아저씨."

먼저 침묵을 깬 쪽은 상천이었다.

묵묵히 밥을 먹다가 상천의 말에 고개를 든 종삼은 입에 넣은 음식을 씹으며 그를 바라보았다.

"나 돈 좀 주면 안 돼?"

"돈? 갑자기 왜?"

"그냥."

상천의 대답에 종삼이 인상을 찌푸렸다.

"어디다가 쓰려고 그러는데?"

"딱히 쓸 데가 있는 건 아니고……."

돌아온 상천의 대답에 종삼은 단호하게 고개를 저으며 말했다.

"안 된다. 형편이 넉넉한 것도 아니고 허투루 쓸 돈 없어. 사고 싶은 거나 먹고 싶은 거 있으면 얘기를 해. 다는 아니어도 사줄 수 있는 건 사다 주마."

종삼의 말에 상천은 아무런 대답도 하지 않고 식사를 계속했다.

다음날.

종삼이 나가고 한 식경쯤 지나서 상천도 백룡문을 나섰다.

어차피 나갈 거 종삼과 함께 나갔어도 상관없었지만 상천은 굳이 한 식경의 차이를 두고 밖으로 나갔다.

둘이 같이 나가봐야 할 얘기도 없고 어색하기만 할 것 같았기 때문이다. 그럴 바에야 차라리 혼자 가는 편이 훨씬 마음이 편했다.

백룡문 밖으로 나와 터벅터벅 걸어 옆 마을에 도착한 상천은 저잣거리를 지나 병목 등이 있는 곳으로 향했다.

그런데 멍하니 길을 걷는 상천의 귀에 누군가 수군대는 소리가 들렸다.

"저거 종삼이 맞지?"

종삼의 이름을 들은 상천은 그쪽으로 고개를 휙 돌렸다. 그곳에는 중년 남성 두 명이 대화를 나누고 있었다.

"그러게. 오늘도 도박장 가는 모양이여."

"대낮부터 도박장이나 다니고. 돈 많은가 보지?"

"도박하는 건 아닌 거 같은데?"

"그럼 도박장에 가서 뭘 혀. 도박하는 거지."

대화를 듣던 상천의 고개가 두 사람의 시선이 닿는 곳으로 옮겨갔다.

그리고 상천의 눈에 종삼이 도박장으로 들어가는 순간의

모습이 생생하게 들어왔다.

'나한테는 형편 어렵다고 허투루 쓸 돈 없다고 하더니…….'

상천은 순간적으로 배신감에 몸을 부르르 떨었다.

성난 얼굴로 종삼이 들어간 도박장 쪽을 바라보고 서 있던 상천은 화난 발걸음으로 병목이 있는 곳으로 향했다.

병목을 비롯한 다른 아이들과 함께 있는 동안에도 상천은 머릿속에서 도박장으로 들어가던 종삼의 모습을 지울 수가 없었다.

그들과 무슨 이야기를 어떻게 했는지 모르게 시간을 보내고 난 상천은 서둘러 백룡문으로 돌아왔다.

해가 뉘엿뉘엿 저무는 시간이었지만 종삼은 아직도 돌아오지 않은 상태였다.

옆 마을에서 종삼을 본 후로 어림잡아 두 시진은 지났다.

상천은 또다시 배신감이 차올랐다.

그렇게 반 시진의 시간이 더 흐르자 종삼이 돌아왔다.

대청마루에 앉아 있는 상천은 종삼이 들어오는 모습을 서늘한 눈초리로 쳐다보고 있었다.

"나 왔다."

"어."

상천의 대답에 종삼이 그를 힐끗 쳐다보았다.

평소에도 단답형으로 대답하던 상천이지만 오늘은 어딘지 모르게 더 싸늘한 것 같았기 때문이다.

"왜 그래?"

"아냐."

상천이 종삼을 외면했다. 하지만 종삼은 상천이 평소와 다르다는 것을 확신하고 다시 물었다.

"왜 그러냐니까? 무슨 안 좋은 일이라도 있어?"

상천이 재차 묻는 종삼을 잠시 동안 빤히 바라보았다. 그의 시선에는 종삼에 대한 여러 가지 감정이 복잡하게 얽혀 있었다.

"말해봐. 얼른. 무슨 일인데?"

종삼의 물음에 결국 상천이 입을 열었다.

"오늘 어디 갔었어?"

"어?"

상천의 물음에 종삼이 살짝 놀랐다. 하지만 이내 침착하게 대답했다.

"왜 그러는데?"

종삼의 물음에 상천이 기가 막힌다는 표정으로 종삼을 빤히 바라보다가 입을 열었다.

"대낮부터 도박장 가서 뭐했어? 물어보는 것도 이상하지. 도박장에서 할 게 도박밖에 더 있겠어?"

상천의 날이 시퍼렇게 선 말에 종삼은 일순간 말을 잇지 못했다.

"내가 본 게 그거밖에 없는 줄 알아? 대낮부터 기루에 들어가는 것도 봤어."

그의 말에 종삼은 말문이 막혔다.

상천의 얼굴에는 화가 잔뜩 올라 있었다. 계속해서 종삼이 아무런 말도 하지 않자 상천이 다시 말을 이었다.

"나한테 뭐라고 했어? 허투루 쓸 돈 없다고? 형편이 어렵다고? 내가 쓰면 얼마나 쓴다고? 그리고 난 아저씨처럼 기루에 가거나 도박장에 가는 일은 없어. 적어도."

그렇게 말한 상천은 일어나서 방 안으로 들어갔다.

종삼은 가슴이 아팠다.

상천의 말대로 그는 기루에 가고 도박장에 갔다.

하지만 절대로 기녀와 일을 치르지도, 도박을 하지도 않았다.

종삼은 그곳에서 일을 했다.

기루도 그렇고 도박장도 그렇고 어딜 가든 난동을 부리는 사람들이 꼭 있었다.

술에 취하든, 아니면 뭔가 세상에 불만이 많든.

그래도 할 줄 아는 것은 이류 정도밖에 안 되는 무공밖에 없는지라 종삼은 그런 곳에서 경비 일을 했다.

하지만 종삼은 그런 이야기를 상천에게 하지 않았다.

지금 이 상황에서 아무리 사실을 말한들 상천은 믿지 않을 것이 분명했다.

"하……."

종삼은 답답함에 한숨을 내쉬었다.

그 후로 며칠 동안 상천은 종삼과 눈도 마주치지 않으려 했다.

규화공 수련 시간보다 더 일찍 일어나서 나갔고, 종삼이 나간 다음에야 연무장으로 돌아왔다.

종삼이 돌아오는 기척이 들리면 일부러 뒷간을 가거나 하여 자리를 피했고, 그가 잠이 든 다음에야 방에 들어와 잠을 잤다.

거의 마주치는 일 없이 며칠을 보낸 상천은 여전히 마음이 좋지 않았다.

종삼에 대한 좋지 않은 감정 때문인지 수련을 하는 데에도 지장이 있었다.

그러다 보니 상천도 밖으로 나도는 시간이 많아졌다.

자연스럽게 둘만 사는 백룡문에는 찬 기운만 맴돌았다.

第七章
문제점

종삼과의 갈등이 있고 닷새가 지났다.

둘 사이에는 여전히 어색함이 감돌았고, 찬바람이 불었다.

그날 상천은 일부러 늦게 일어났다.

아니, 깨어 있었음에도 종삼이 나갈 때까지 자는 척하고 누워 있었다.

종삼이 나가고 난 다음에야 눈을 뜬 상천은 잠시 동안 멍하니 천장을 올려다보고 있었다.

상천이 자리를 털고 일어난 것은 종삼이 나가고 반 시진가량 지난 후였다.

자리에서 일어난 상천은 규화공 수련을 생략하고 곧장 연무장으로 향했다.

며칠 동안 수련을 제대로 안 한 탓도 있지만 이렇게 있으니 차라리 얼른 수련을 끝내는 편이 낫겠다는 생각이 들었기 때문이다.

어차피 처음에 종삼을 따라온 것은 서로의 이해관계 때문이었고, 종삼에게 배울 것 다 배우면 그 관계는 끝나는 것이라고 생각했다.

다시 상천의 수련이 시작되었다.

다시 마음을 다잡았기 때문일까.

그저 막막하게만 보였던 검법이 조금 더 유연하게 보이기 시작했다.

"아니겠지……. 아닐 거야."

상천이 연무장에 주저앉아 고개를 저으며 중얼거렸다.

아무리 생각해 봐도 답은 하나였다.

하지만 말이 안 되는 것이었다.

"검법 자체에 문제가 있어? 말도 안 되는 거지."

상천이 다시 고개를 저었다.

자신이 사십오대 장문인이 될 거라고 했다. 그렇다는 것은 못해도 몇백 년의 역사를 가지고 있다는 뜻이기도 했다.

그렇게 오랜 세월 동안 지속되어 온 문파에서 이런 것도 알아차리지 못하고 보완하지 못했다는 것은 말이 안 되었다.

“뭐지?”

상천의 머릿속이 복잡해져 갔다.

며칠 밤낮을 생각했다.

자신의 가설이 맞는 것인지 아닌지에 대해서.

하지만 상천은 쉽게 결론을 내리지 못했다. 자신은 아직 무공을 익히고 있는 수준에 불과했고, 어쩌면 백룡문 무공의 진면목을 보지 못하고 있는 것일 수도 있었다.

하지만 아무리 생각해 봐도 답은 그것 하나밖에 없었다.

‘검법에 문제가 있어. 중간에 뭔가가 빠졌든, 아니면 초식이 잘못되었든.’

상천의 생각이 정리되고 있었다.

이틀의 시간이 더 지났다.

이제는 서늘한 정도를 넘어 본격적인 추위가 시작되고 있었다.

하지만 그런 것은 상천에게 문제가 되지 않았다.

옷은 조금 두꺼워졌지만 전혀 추위를 느끼지 못하겠다는 듯 상천은 차가운 연무장 바닥에 주저앉아 있었다.

그것을 본 종삼이 무슨 말을 하려던 듯 입을 우물쭈물하다가 굳게 닫았다.

대신 한쪽에 있는 작은 의자 하나를 가져다가 상천의 옆에

놓았다.

그럼에도 상천은 아무것도 모르고 그저 연무장 바닥에 앉아 있었다.

그 모습을 물끄러미 바라보던 종삼이 작게 한숨을 내쉬고는 밖으로 나갔다.

종삼의 눈에는 보이지 않았지만 지금 상천의 눈앞에는 사람 형상을 한 환영이 열심히 검을 휘두르고 있었다.

환영이 펼치고 있는 검법은 언뜻 전혀 생소한 검법처럼 보였지만 실상은 단월검이었다.

상천이 지금까지 단월검을 수련하면서 느낀 것과 부족하다고 생각하는 부분에 대한 여러 가지 보완점을 바탕으로 눈앞에 그려낸 환영이 수많은 시행착오를 하고 있었다.

상천이 직접 몸으로 해볼 수도 있겠지만 어떤 위험이 따를지 모르는 상황에서 환영을 이용하여 먼저 시행착오를 겪게 하는 것은 크나큰 도움이 되었다.

환영이 휘두르는 검법을 보며 상천의 머릿속에서는 단월검이 재정립되고 있었다.

시간은 하염없이 흘러갔다.

초겨울을 지나 한겨울이 되었지만 상천의 일과는 바뀐 것이 없었다.

살을 에는 듯한 차가운 바람이 불어도, 함박눈이 내려도 상천은 언제나 연무장에 있었다.

찬바람에 살이 터서 얼굴에 각질이 일어나고 있음에도 상천은 전혀 개의치 않았다.

"후우……."

눈이 빠질 것처럼 아프도록 뚫어져라 연무장 한가운데를 바라보고 있던 상천이 한숨과 함께 의자에서 일어났다.

그리고는 방 안으로 들어가 목검을 들고 나왔다. 상천이 다시 목검을 잡은 것은 몇 달 만의 일이다.

목검을 가지고 나온 상천이 연무장 한가운데에 섰다.

조금 전까지 그가 만들어낸 환영이 열심히 검을 휘두르던 그 자리다.

잠시 동안 목검을 들고 서 있던 상천이 천천히 움직이기 시작했다.

빠르지 않았다.

천천히 동작 하나하나에 모든 신경을 집중하며 검을 휘둘렀다.

모든 신경을 집중하고 혼신의 힘을 다해 휘두르고 있었기 때문인지 상천의 이마에 땀이 맺히기 시작했고, 얼굴과 머리 쪽에서 김이 모락모락 올라오기 시작했다.

상천이 펼치는 검법은 단월검이었다.

하지만 만약 외출한 종삼이 봤다면 무슨 검법이냐고 했을지 몰랐다.

그 정도로 상천이 펼쳐 내는 단월검은 종삼이 가르쳐 준 검법과는 다른 부분이 많았다.

종삼이 가르친 각각의 초식이 앙상한 가시만 남은 생선이었다면, 지금 상천은 그 가시에 다시 살을 붙이고 있었다.

완벽한 것은 아니었지만 상천은 나름대로 고민에 고민을 거듭하면서 단월검을 새롭게 변모시키고 있는 것이었다.

상천은 한 시진가량 꼬박 검을 휘둘렀다.

비록 전에 하던 수련 시간에 비하면 턱없이 짧은 시간이기는 하지만 한 시진 동안 검을 휘두른 상천은 녹초가 다 되어 있었다.

털썩.

상천은 땀범벅이 된 상태로 연무장 바닥에 드러누웠다.

차가운 바람이 그의 얼굴을 훑고 지나며 열기를 식혀주었다.

상천의 입가에는 기분 좋은 미소가 걸려 있었다.

며칠간 엄동설한이 계속되다가 날이 조금 풀려 내렸던 눈이 녹을 정도로 푹한 날이 되었다.

상천은 연무장 위에서 또다시 검을 휘두르고 있었다.

다시 목검을 잡은 이후,

오늘 상천이 펼쳐 내는 검법은 좀 더 빨라져 있었다.

큰 차이를 느끼기는 어려웠지만 분명 상천의 검은 전에 비해 그 속도가 빨라져 있었다.

상천은 조급함을 버리기로 했다.

초식 하나를 펼치는 데에도 완벽을 기했고, 나름대로 장고를 거듭한 끝에 찾아낸 검법의 보완책을 자신의 것으로 만들기 위해 노력했다.

오늘 상천의 검법이 조금 더 빨라진 것은 그만큼 자신의 것으로 만들었다는 뜻이다.

검법을 펼쳐 내는 상천의 입가에는 오랜만에 미소가 번져 있었다.

그동안 검법 수련을 하면서 이렇게 웃으며 한 것은 초창기에 검법을 배울 때 이후로 처음이다.

쒜엑!

상천의 검이 제법 그럴싸한 파공음을 내며 허공을 갈랐다.

진검이 아닌 목검으로 만들어낸 소리치고는 대단한 소리였다. 그만큼 힘의 분배와 초식의 완성도가 높아졌다는 뜻이기도 했다.

한바탕 땀을 흘린 상천은 눈이 녹아 축축한 바닥에 털썩 주저앉았다.

오랜만에 따뜻한 햇살을 느끼며 상천은 규화공을 운용하기 시작했다.

반 시진 후 자리에서 눈을 뜨고 일어난 상천은 젖은 옷을 벗어버리고 땀이 식어 찝찝해진 몸을 차가운 물로 씻었다.

날이 따뜻해지기는 했지만 아직 겨울이라 추울 법도 하건만 상천은 아무런 망설임 없이 몸에 찬물을 끼얹었다.

물기가 묻고 햇살이 비치자 상천의 몸에 있는 탄탄한 근육이 꿈틀거렸다. 그동안 무공 수련을 하면서 근력이 필요하다는 것을 절실하게 느낀 상천이 그만큼 운동을 많이 했기 때문이다.

몸을 씻고 난 상천은 새 옷을 걸치고는 백룡문 밖으로 나갔다.

날이 따뜻해져서 그런지 저잣거리를 거니는 사람들의 표정에도 활기가 넘쳤다.

언제 또 추위가 몰아닥칠지 몰라 사람들은 필요한 것들을 서둘러 사기 위해 분주히 움직이고 있었다.

상천은 저잣거리를 돌아다니며 간단한 먹을 것을 몇 가지 샀다. 백룡문에서 나오기 전에 종삼 모르게 가지고 나온 돈으로 산 것이다.

먹을 것을 산 상천은 예전에 살던 곳으로 발걸음을 옮겼다.

얼마 가지 않아 아이들이 뛰어노는 모습이 보였다.

날이 추운데도 뭐가 그리 즐거운지 콧물을 흘려가면서도 함박웃음을 지으며 깔깔대며 뛰어놀고 있었다.

"어! 형이다!"

뛰어놀던 아이들 중 한 명이 상천을 발견하고는 반갑게 소리쳤다.

몇 번 찾아온 탓에 아이들은 아무런 거리낌 없이 상천에게로 뛰어왔다.

"누가 왔다고?"

아이들의 목소리를 들었는지 안쪽에서 유일하게 상천보다 형인 병목이 밖으로 나왔다.

"나 왔어, 형."

"어! 왔어? 오랜만이네?"

지난번에 찾아오고 난 이후 첫 발걸음인지라 병목도 상천을 굉장히 반가워했다.

"이 녀석들! 형한테 그렇게 달라붙으면 안 된다고 했지?"

상천이 반가워서인지 상천이 들고 있는 먹을거리가 반가워서인지 아이들은 상천의 바지춤, 허리춤을 붙잡고 배시시 웃고 있었다.

"괜찮다니까. 와서 이거 좀 받아. 먹을 것 좀 샀어."

"뭘 이런 걸 가져와. 우리도 나름 열심히 일하면서 배 굶지는 않고 사는데."

실제로 이곳에 있는, 일을 할 수 있을 정도의 나이가 된 아이들은 구걸이 아닌 객잔이나 포목점 등에서 허드렛일을 하며 열심히 살고 있었다.

"그래도. 좀 넉넉하게 샀으니 다들 먹을 수 있을 거야."

"고맙다."

상천이 건네는 먹을거리를 받아 들며 병목이 미안함과 고마움을 담아 말했다.

"자! 줄 서!"

병목이 상천에게 먹을거리를 받아 들고 아이들에게 말했다. 그러자 상천에게 달라붙어 있던 아이들이 일제히 병목의 앞으로 나란히 줄을 섰다.

"새치기하지 마!"

"내가 먼저 왔거든!"

아이들은 저마다 먼저 받아먹으려고 자리싸움을 하고 있었다. 그 모습을 보며 상천은 옅은 미소를 지었다.

"그런데 다들 어디 갔어?"

"음? 일하러 갔지."

"형은 안 갔고?"

"어. 난 오늘 좀 쉬려고. 애들 혼자 놔두기도 좀 그렇고."

병목의 말에 상천이 고개를 끄덕였다.

"자! 이제 다 받았으니까 형한테 고맙습니다, 해야지?"

"고맙습니다!"

병목의 말에 아이들이 일제히 상천에게 꾸벅 인사를 했다. 그 모습을 흐뭇하게 바라보던 상천은 아이들이 물러가자 병목과 나란히 앉았다.

"외풍 심할 텐데. 감기 걸린 애들은 없어?"

“어. 아직까지는. 그래도 여기저기서 나무 주워다가 보수를 해서 예전보다는 덜해.”

“잘됐네. 내가 뭐 도와줄 일은 없고?”

“딱히⋯⋯.”

그렇게 대답하며 말끝을 흐렸던 병목이 뭔가 생각났다는 듯 물었다.

“무리한 부탁일지도 모르겠는데 혹시 애들한테 호신용으로 간단한 무공 같은 거 가르쳐 줄 수 있어?”

“무공?”

“어. 이제 애들도 조금 더 크면 일을 해야 할 텐데 운동도 할 겸 제 한 몸 지킬 수 있는 무공 하나 정도는 익히고 있으면 좋을 것 같아서.”

병목의 말에 상천이 고개를 끄덕이며 생각에 잠겼다.

백룡문의 문주가 될 입장이기는 하지만 아직까지 그런 것은 자신의 마음대로 할 수 있는 게 아니기 때문이었다.

게다가 보법과 검법을 배우기는 했지만 아직까지 권법은 배우지 않았기 때문에 딱히 가르쳐 줄 만한 것이 없었다.

막대기 하나만 들면 된다고 하지만 검법보다는 권법이 급할 때 요긴하게 써먹을 수 있을 것이라는 생각 때문이었다.

게다가 지금은 종삼과 자신의 사이가 거의 대화를 하지 않을 정도로 어색했기 때문에 선뜻 대답을 해주기가 어려웠다.

“그건 지금 당장 대답해 줄 수 있는 문제가 아닌 것 같아, 형.”

“그렇겠지. 너무 부담 갖지는 마.”

그렇게 대답하며 병목이 살짝 미소를 지었다.

“이만 가봐야겠다.”

“조금 더 있다가 얼굴 보고 가지?”

자리에서 일어나는 상천을 따라 병목이 자리를 털고 일어나며 말했다.

“아냐. 가서 또 수련해야지. 갈게.”

“그래. 조심해서 가라. 멀리 안 나갈게.”

그렇게 말하며 손을 흔드는 병목에게 마주 손을 흔들어준 상천은 올 때와 달리 기분 좋게 백룡문으로 발걸음을 옮겼다.

상천이 백룡문에 도착한 것은 날이 완전히 어두워진 이후였다. 조심스럽게 안으로 들어간 상천은 먼저 와 있는 종삼을 보고 우뚝 멈춰 섰다.

“어디 갔다 왔어?”

“그냥 바람 좀 쐬러.”

둘 사이의 대화는 무미건조했다.

“돈은 왜 가져갔어?”

“…….”

종삼의 물음에 상천은 아무런 대답도 하지 않고 그저 지금이 상황이 짜증나는 듯 인상만 찌푸리고 있었다.

"대답 안 해?"

"왜? 내가 도박장 가서 날렸거나 기루 가서 썼을까 봐?"

상천이 종삼을 비꼬기라도 하듯 말했다. 그 모습에 화가 났는지 종삼이 호통을 터뜨렸다.

"이놈! 네가 지금 무슨 짓을 했는지 아느냐?! 도둑질이다, 도둑질! 그런 짓을 해놓고도 그런 소리가 나오느냐!"

종삼의 호통에도 상천은 아무런 대답도 하지 않았다.

"말해! 돈은 왜 가져갔어!"

"말했지? 도박이나 계집질은 안 했다고. 그런 걱정은 안 해도 되니까 신경 꺼. 지금까지도 그랬잖아."

상천의 그 말 한마디가 종삼의 마음 한구석을 꼬챙이로 찔렀다.

"뭐?"

"왜? 아니야? 난 틀린 말 한 거 없는데."

상천의 말에 종삼이 크게 심호흡을 했다.

"그게 무슨 말 버르장머리야! 그리고 말도 안 하고 돈 가지고 나갔다가 이제야 들어오는데 신경 쓰지 말라니!"

"그냥 놀다 왔어! 내가 무슨 죄인이야?"

"그럼 네가 잘했단 말이냐!"

종삼의 말에 상천은 입을 꾹 다물고 아무런 말도 하지 않았다.

"너 정말… 이럴 거냐?"

"…보러 다녀왔어."

종삼의 추궁에 상천이 작은 목소리로 대답했다. 제대로 듣지 못한 종삼이 살짝 인상을 찌푸리며 상천을 바라보았다.

"뭐?"

"그 녀석들 보러 갔다 왔다고."

"그러니까 그 녀석들이 누구……. 아!"

종삼은 그제야 상천이 어렸을 때 같이 지내던 아이들을 보고 왔다는 것을 알게 되었다.

그렇게 알고 보니 상천의 옷이 좀 더러워진 것도 보이고, 은은하게 냄새가 나는 것도 알 수 있었다.

"그럼 돈은?"

"먹을 것 좀 사다 주고 왔어."

상천의 말에 종삼이 작게 한숨을 내쉬고는 입을 열었다.

"들어가서 씻어라."

"어."

짧게 대답한 상천이 씻기 위해 종삼을 지나쳐 갔다.

"다음부터는 미리 얘기해라. 돈 줄 테니까."

종삼의 말을 듣고 그냥 지나친 상천은 말없이 지저분해진 옷을 벗고 씻었다.

말없이 돈을 가지고 나갔다 온 것이 내심 마음에 걸렸던 상천은 그 일 이후로는 마음의 짐을 털어버릴 수 있었다.

하지만 그렇다고 종삼과의 관계가 바뀌지는 않았다.

여전히 상천은 종삼을 오해하고 있었고, 종삼은 그런 상천을 보며 안타까워하고 있었다.

그렇게 반년의 시간이 흘렀다.

겨울이 끝나고 따뜻해지는가 싶더니 점점 더워지는 시기가 왔다.

열여덟 살이 된 상천은 이제 어른이라고 봐도 무방할 정도로 체격으로 보나 외모로 보나 많은 성장을 했다.

그렇게 외형이 성장한 만큼 정신적으로도 성장을 했고, 단월검 수련 또한 어느 정도 만족할 만한 성과를 낸 상태였다.

물론 지금까지 계속해서 단월검 수련을 해오면서 상천이 느낀 것은 끝이 보이질 않는다는 것이었다.

모든 무공이 다 그렇겠지만 단월검은 수련하면 할수록 새롭고 생각보다 깊이가 있는 무공이라는 것을 깨달을 수 있었다.

예전 같았으면 그런 것을 느끼게 되면 더욱 단월검 수련에 매진하고 조급해했을지 모르겠지만 이제는 오히려 여유를 가지려고 노력했다.

지난 세월 동안 무공 수련을 해오면서 상천이 느낀 것은 무공 수련은 조급해하면 할수록 더 성취가 늦어진다는 사실이었기 때문이다.

이제는 '부족한 부분, 지금은 해결할 수 없는 것들은 꾸준한 노력과 경험이 해결해 줄 것이다' 라는 마음가짐을 가질 수 있게 된 것이다.

그리고 상천은 다른 것에 눈을 돌렸다.

"아저씨, 나 권법 가르쳐 줘."

여름이 한 걸음 더 다가온 날에 상천이 꺼낸 말이었다.

상천의 그 말에 종삼은 크게 기뻐했다.

규화공과 단월검, 천유보와 더불어 마지막으로 백룡권을 가르칠 수 있게 되었다는 것도 기뻤지만, 상천이 그간 계속되어 왔던 단월검에 대한 고민이 어느 정도 해소되었다는 것을 의미했기 때문이다.

"그래. 당장 시작하자꾸나."

종삼이 의욕적으로 대답했다.

실로 오랜만에 종삼과 상천 사이에 활기가 돌았다.

第八章

선생

각각의 초식이 복잡하지 않았던 단월검과 달리 백룡권은 제법 복잡한 초식들로 구성되어 있었다.

네다섯 개의 식이 모여 하나의 초식을 이루었고, 일곱 개의 초식이 모여 백룡권을 이루었다.

그 때문에 상천이 백룡권의 형을 외우기까지는 생각보다 오랜 시간이 걸렸다.

물론 시간이 오래 걸렸다는 것은 지극히 상천의 개인적인 생각이었다.

종삼은 상천이 백룡권의 형을 외우기까지 보름이 걸릴 것이라 내다보았고, 상천은 그것을 칠 주야 만에 해냈다.

하지만 상천 자신은 백룡권의 형을 외우는 데 사흘이면 충분할 것이라고 생각했는데 칠 일이 걸리자 스스로에게 만족스럽지 못하다는 생각을 하고 있었다.

"백룡신권의 형은 복잡하다. 그리고 단월신검보다 연환이 강하다. 그렇기 때문에 백룡신권을 가장 마지막에 가르치는 것이다."

종삼이 처음 백룡권을 가르치기 전에 상천에게 했던 말이다.

백룡권의 형을 다 외운 상천은 천천히 몸으로 초식들을 펼쳐 보았다.

확실히 종삼의 말처럼 복잡하고 연환이 강해 천천히 펼쳐 내는 것도 쉽지가 않았다.

그렇게 백룡권을 처음 배우고 한 달의 시간이 지났다.

이제는 오롯한 여름이 되었다.

예년보다 더 심해진 더위에 사람들은 혀를 내두를 정도였다.

틈만 나면 나무 그늘을 찾아 쉬기 바빴고, 냉차를 파는 집은 한 해 벌어들일 돈을 여름이 시작되고 얼마 지나지 않아 벌 수 있을 정도였다.

그렇게 무더운 날씨에 상천은 연무장에 앉아 있었다.

백룡권의 형을 외우고 완벽하지는 않았지만 초식들을 몸

으로 펼쳐 낼 수 있을 정도가 되자 다시금 상상 훈련에 돌입
한 것이다.

상천의 눈앞에 만들어진 환영은 예전에 비해 조금 더 또렷
한 사람의 모습을 하고 있었다.

물론 좀 더 팔다리가 명확해진 것뿐이지 정확하게 이목구
비를 확인할 수 있다거나 하는 것은 아니었다.

하지만 분명한 것은 상천의 상상 훈련이 거듭되고 익숙해
질수록 눈앞에 보이는 환영이 더욱 또렷해지고 있다는 점이
었다. 그만큼 발전하고 있다는 방증이었다.

쨍쨍 내리쬐는 햇빛 때문에 살이 타서 얼굴과 팔 등이 시커
멓게 변해가고 있었지만 상천은 그런 것에 전혀 개의치 않는
것 같았다.

'여기서 힘이 들어가면 안 되지.'

'처음에는 느리게. 대신 회수는 빠르게. 이어지는 식이 결
정타.'

'이 초식은 보법과 연결되면 엄청난 위력이 있겠어.'

상천은 환영이 펼치는 백룡권을 보면서 나름대로 분석을
하고 있었다.

'좋아, 되겠다. 속도 좀 높여도 되겠어.'

상상 수련에 도가 튼 상천은 종삼이 생각하는 것 이상으로
백룡권 수련 시간을 단축하고 있었다.

한 달이 더 걸렸다.

더위는 절정에 이르렀고, 사람들은 해가 가장 뜨거운 미시를 피해 일을 하고 돌아다녔다. 어떤 사람은 그 이후에도 너무 더워 조금 덜 더운 아침 이른 시간에 최대한의 일을 처리하고 나머지 시간은 쉬기도 했다.

오랜만에 상천이 연무장 바닥에 앉아 있지 않고 섰다.

검을 들지 않고 두 주먹을 쥔 상천은 백룡권을 펼치기 전에 눈을 감았다.

다시 한 번 머릿속으로 백룡권의 형을 그려본 상천은 그대로 눈을 감은 채 심호흡과 함께 주먹을 움직이기 시작했다.

빠르지 않게 천천히.

하지만 동작 하나하나에 완벽을 기하며 백룡권을 펼쳤다.

상상 수련에 익숙해지고 무공에 대한 이해도가 높아지면서 짧은 시간에 최대의 효율을 내는 방법을 자신도 모르게 터득한 상태였다.

처음 펼치는 것이지만 단월검 수련 때에 비해서 속도도 빨랐고, 백룡권을 펼치는 데 있어서 크게 어색한 것을 느낄 수 없었다.

그것은 종삼이 보기에도 놀라운 속도였다.

상천의 나이를 생각해 보면 그 나이에 이 정도 수준에 오르는 것이 쉬운 것이 아니었다.

물론 거대 문파들을 찾아보면 상천 또래에 훨씬 뛰어난 실력을 가진 후기지수들이 즐비하겠지만, 문파의 무공 수준 자체에 차이가 크고 종삼 자신이 가르침이라는 것을 거의 주지 못했다는 것을 생각해 보면 놀라운 것이었다.

그 때문에 종삼은 굉장히 아쉽고 미안했다.

자신의 공부가 조금 더 깊었다면 상천이 지금보다 더 뛰어난 실력을 가질 수 있었을 것이라는 생각 때문이었다.

지금까지 자신은 그저 껍데기만 가르쳐 주었을 뿐, 모든 것을 상천 혼자 독학으로 익힌 것이나 다름없었다.

"후우……."

종삼이 묵직한 한숨을 내쉬었다.

"아저씨, 할 말이 있어."

가을 초입에 들어설 무렵 상천이 외출하는 종삼을 붙들고 말했다.

"할 말?"

"어. 사실은……."

상천은 예전에 병목으로부터 부탁받았던 것을 털어놓았다.

그때에는 딱히 가르칠 수 있는 것이 없다는 생각 때문에 종삼에게 말하지 않았지만 이제는 스스로도 아이들에게 간단하게나마 무언가를 가르칠 수 있겠다는 생각이 들었기 때문에 이야기를 꺼내는 것이었다.

"음……."

종삼이 고민하는 것처럼 보였다. 하지만 오래지 않아 고개를 끄덕이며 말했다.

"어차피 앞으로 백룡문을 이끌어가야 할 사람은 내가 아니라 너다. 그러니 그건 너 알아서 해도 되겠구나."

"진짜?"

"그럼. 내가 언제 거짓말하는 거 봤냐?"

"가만 있어보자……. 내가 기억하는 것만 해도……."

그렇게 말하며 상천이 허공으로 시선을 돌린 채 손가락을 하나씩 접기 시작했다.

"험! 험! 아무튼 그건 너 알아서 해라. 알았지?"

"알았어. 고마워."

어색한 말투로 종삼에게 고맙다고 전한 상천은 서둘러 백룡문 밖으로 나갔다. 그런 상천의 모습에서 기뻐하는 기색을 읽은 종삼이 중얼거렸다.

"그렇게 기쁜가?"

그 모습을 흐뭇하게 바라보던 종삼도 천천히 백룡문 밖으로 나갔다.

두 사람이 모두 외출을 했지만 백룡문 안에는 방금 전에 감돌았던 훈훈한 기운이 남아 텅 빈 공간을 가득 채우고 있었다.

한달음에 병목이 있는 곳으로 달려온 상천의 입가에는 환한 미소가 번져 있었다.

일찍 답을 주지 못해 미안한 마음이 있었는데 이제는 부탁을 들어줄 수 있게 되었다는 생각에 발걸음이 더욱 가벼웠다.

"형!"

저 멀리 그들이 사는 곳이 눈에 들어온 순간 상천이 병목을 불렀다. 그 목소리가 얼마나 컸는지 상천이 도착하자 모두들 밖에 나와 있었다.

"다들 있었네?"

운이 좋았는지 병목뿐만 아니라 다른 식구들도 일하러 가지 않고 집에 있었다.

"무슨 일인데 이렇게 헐레벌떡 뛰어와?"

도착하자마자 숨을 고르는 상천을 보며 병목이 의아한 표정을 지으며 물었다. 그나마 전과 달리 표정이 밝았기 때문에 마음이 무겁거나 하지는 않았다.

"형이 전에 얘기했던 거!"

"전에 얘기한 거? 뭐?"

병목은 상천이 무슨 얘기를 하는지 알 수 없어 두 눈을 껌뻑거리며 그를 바라보았다.

"애들 호신용으로 뭐 하나 가르쳐 달라고 했잖아."

"아! 그거?"

겨울에 꺼낸 얘기였고, 그동안에 대답이 없어 잊어버리고 있던 이야기를 상천이 꺼내자 병목은 손바닥을 쳤고, 다른 사람들은 무슨 이야기인지 몰라 두 사람만 번갈아 가면서 보고 있었다.

"다행이다. 걱정을 좀 덜 수 있겠어."

씨익 웃으며 그렇게 말한 병목이 다른 사람들에게 두 사람 사이에 오간 대화를 간략하게 말해주었다.

"그거… 나도 배우면 안 돼?"

상천과 같이 지내던 사람들 중 가장 어린 배동삼이 초롱초롱한 눈빛으로 상천에게 물었다.

"어? 나도!"

"나도! 나도 배울래!"

"나도 나도!"

자신도 배우면 안 되냐는 배동삼의 말이 끝나기가 무섭게 다른 사람들도 배우고 싶다며 어린아이들처럼 손을 번쩍번쩍 들었다.

그 모습에 멋쩍은 미소를 지은 상천이 병목을 바라보았고, 병목도 당황스런 표정으로 머리를 긁적였다.

"가르쳐 줄 수 있지. 그런데 다들 배우면 일은 어떻게 할 거야?"

상천의 말에 순간 모두가 손을 든 채로 입을 다물었다.

그저 상천이 호신용 무공을 가르쳐 준다고 하니 배우고 싶다는 충동에 너도 나도 배우겠다고 한 것이다.

"그러네."

"일은 누가 하지?"

"일 안 하면 굶는데……."

그렇게 중얼거리는 사람들의 표정이 점점 시무룩하게 변해갔다.

"그럼 이렇게 하자. 몇 명은 오전에 일하고 오후에 배우고, 몇 명은 오전에 배우고 오후에 일하고. 그러면 되잖아?"

시무룩하게 변해가는 얼굴들을 보고 있던 상천이 절충안을 내놓았다.

그러자 서로가 서로를 바라보며 눈을 맞추던 사람들이 동시에 상천에게로 시선을 돌리며 고개를 끄덕였다.

"그래. 그럼 내일부터 할게. 조 나누는 건 형이 알아서 해 줘. 나도 어떤 식으로 가르쳐야 할지 생각해 봐야 되니까."

"가게?"

상천이 곧장 가려고 하자 병목이 아쉬움을 담아 물었다. 그러자 상천이 씩 웃으며 대답했다.

"가야지. 내일부터 시작하려면 준비해야 되니까. 갈게!"

그렇게 말한 상천이 몸을 돌렸다. 그런 그를 병목이 한 번 더 불러 세웠다.

"천아!"

"응?"

발걸음을 멈추고 돌아보는 상천을 향해 병목이 물었다.

"괜찮은 거지?"

병목의 물음에 상천은 가만히 그를 바라보았다. 그러더니 자신감에 찬 미소를 지으며 대답했다.

"어."

짧은 한마디.

하지만 든든함이 느껴지는 목소리에 병목은 그제야 기분 좋은 미소를 지었다.

다음날.

오전에 규화공 수련을 마친 상천은 단월검과 백룡권을 한 차례씩 펼쳐 보인 뒤 백룡문을 나섰다.

"후우!"

백룡문 밖으로 한 걸음 내디딘 상천은 짧게 숨을 한번 내쉬었다.

자주 백룡문 밖으로 나왔던 상천이지만 오늘은 왠지 모르게 굉장히 긴장이 되었다.

누군가를 가르친다는 일.

종삼을 만나 백룡문에 오기 전까지는, 아니, 백룡문에 와서 무공을 배우면서도 누군가를 가르친다는 생각은 해본 적이 없다.

백룡문의 장문인이 된다는 것은 인식하고 있었지만 제자를 받아 가르친다는 것까지는 생각하지 못했다.

"가보자, 천아!"

스스로에게 그렇게 주문한 상천이 기다리고 있을 아이들을 향해 힘찬 발걸음을 내디뎠다.

배동삼을 비롯한 청년 네 명과 여섯 명의 아이는 목이 빠져라 상천이 오기만을 기다리고 있었다.

물론 숱하게 이야기를 들었던 무림 고수는 될 수 없을지 몰라도 무공의 맛이라도 볼 수 있다는 점 때문에 그들은 밤잠까지 설친 상태였다.

골목 모퉁이를 돌아 상천의 모습이 보이자 그를 기다리고 있던 열 명은 즐거움과 홍분, 기대감을 얼굴에 표정으로 고스란히 드러내며 그를 맞이했다.

초롱초롱한 눈빛으로 서서 자신을 기다리고 있는 아이들 앞에 선 상천은 그 역시도 상기된 표정으로 그들을 바라보았다.

"잘들 잤어?"

상천의 물음에 다들 도리질을 쳤다. 실제로 몇몇 아이들은 눈 밑이 검게 변해 있었다.

"그럼 시작해 볼까?"

상천의 말에 다들 침을 한번 꿀꺽 삼키며 고개를 끄덕였다.

상천은 첫날부터 백룡권을 가르치지 않았다.

아무래도 영양 상태도 좋은 편이 아니었고, 근력이 제대로 갖춰지지 않은 상태였기 때문이다.

지금은 상천 스스로가 운동도 하고 근력을 키웠기 때문에 큰 무리는 없었지만 다른 아이들은 아니었다.

꼭 백룡권이 아니더라도 간단한 무공을 익히는 데 있어서 근력은 필수라는 것을 지난 시간 동안 수련을 하면서 뼈저리게 느낀 상천이었기 때문에 일단 간단한 근력 운동부터 시작했다.

"무리하지 말고 열 개만 해보자. 천천히. 너무 빨리는 말고. 알았지?"

상천의 말에 열 명 모두 팔굽혀펴기를 시작했다. 어린아이들은 무릎을 굽히고 엎드려서 팔굽혀펴기를 시작했다.

처음에 두세 개까지는 잘하더니 다섯 개를 넘어가면서부터는 한두 명씩 버거워하기 시작했다. 구부렸다 펴는 팔이 부들부들 떨리는 것은 기본이고 얼굴이 시뻘겋게 달아오르기도 했다.

결국 몇 명은 열 개를 다 채우지 못하고 그대로 바닥에 퍼져 버렸다.

"하……."

상천이 작게 한숨을 내쉬었다.

이 정도 근력도 없어서야 단월검보다 더 힘의 분배나 집중이 필요한 백룡권을 익힐 수 없었다.

"갈 길이 멀겠구나."

그렇게 중얼거리며 상천이 고개를 저었다.

오전반과 오후반은 크게 다르지 않았다.

어린아이들의 수준이야 고만고만하다고 할 수 있지만 스무 살이 다 되어가는 청년들의 근력 수준은 심각했다.

어떻게 일을 하고 다니는지 걱정이 앞설 정도였다.

그나마 병목이 이들 중에서는 가장 나은 편에 속해 있었다.

다른 사람들은 열 개도 하기 힘들어할 때 병목은 너끈히 스무 개 정도 소화했다.

그나마 다행인 점은 오후반에 있는 사람들 중에 병목을 포함해 세 명 정도는 다른 사람들에 비해 근력이 좋은 편이라는 것이었다.

"흠……."

상천의 고민이 시작되었다.

상천은 칠 일 동안 계속해서 근력 운동만 시켰다.

처음에는 한 번 하고 나서 다음날 몸이 아파 제대로 움직이지 못하는 사람들이 대부분이었지만 이제는 조금 적응되었는지 다들 그럭저럭 버텨내고 있었다.

상천은 생각보다 훨씬 더 떨어지는 근력 때문에 애초에 세워놓았던 계획을 수정했다.

병목을 포함한 근력이 상대적으로 나은 세 명에게는 조금씩 백룡권 초식을 가르쳤다.

자신 혼자서 많은 사람들을 가르치는 것보다는 조금이나마 먼저 익힌 사람이 있으면 도움이 될 것 같았기 때문이다.

높은 수준의 백룡권이 아니라 적당한 수준이라면 병목 등을 가르쳐서 훈련 교두로 활용하는 것도 나쁘지 않겠다는 생각이었다.

상천은 성심성의껏 그들을 가르쳤다.

한 달의 시간이 훌쩍 지나갔다.

그동안 상천이 세 사람을 제외하고 다른 사람에게 시킨 것은 오로지 근력 운동뿐이었다.

그러자 어린아이들은 불만을 터뜨리고 꾀를 부리기 시작했다.

한창 뛰어놀 나이에 힘든 운동만 하고 있으니 무공이라는 것에 대해 아직 개념이 제대로 잡히지 않은 아이들에게 동기부여가 될 수 있을 리가 없었다.

하지만 어린 시절 상천과 함께 지냈던 청년들은 군말없이 상천이 시키는 대로 따랐다.

그만큼 상천에 대한 믿음도 있겠지만, 병목을 비롯한 세 명이 백룡권의 초식을 배우는 것을 보고 자신들도 그렇게 되고 싶었기 때문이다.

그렇게 한 달이 지나고 어느 정도 근력이 생겼다는 판단이 서자 상천은 근력 운동을 하는 시간을 줄였다. 그리고 모두를 불러 모아 앞에 세워놓고 말했다.

"이제부터는 진짜 무공을 가르쳐 줄 거야. 병목 형이 하는 거 다들 봤지?"

끄덕끄덕.

아이들까지 전부 다 상천의 말에 고개를 끄덕였다.

비록 상천이 시키는 것이 하기 싫고 힘들기는 했지만 병목이 주먹을 휘두르며 백룡권을 익히는 것을 보자 호기심이 동했던 아이들이다.

"오늘은 여기서 끝내고 내일부터 가르쳐 줄게."

"오늘부터 안 하고?"

어서 백룡권을 배우고 싶어 안달이 난 배동삼이 손을 번쩍 들고 상천에게 물었다.

그의 표정에서 열정과 조급함을 느낀 상천이 미소를 지으며 고개를 저었다.

"오늘은 아니야."

"왜? 오늘은 힘이 남아도는데?"

"몸도 쉬어야 하는 거야. 그래야 긴장되고 부풀어 올랐던 근육이 이완도 되고 권법을 배울 수 있는 몸 상태가 되는 거지."

상천의 말에 배동삼은 별다른 말을 하지 않고 슬그머니 손을 내렸다.

무공에 대한 지식이 부족한 그가 상천이 하는 말에 무슨 대꾸를 할 수 있겠는가. 더 이상 가르쳐 달라고 하면 떼쓰는 것밖에 되질 않았다.

"그러니까 오늘은 다들 쉬어. 세 사람은 따로 잠깐 보고."

상천이 다른 사람들보다 앞서 권법을 익힌 세 사람을 따로 불렀다. 그러자 왜 그러는지 의아한 표정을 지은 그들이 상천의 주위로 모였다.

"왜? 무슨 할 얘기 있어?"

병목의 물음에 상천이 고개를 끄덕였다. 그리고 세 사람의 얼굴을 한 번씩 돌아본 그가 입을 열었다.

"나 좀 도와줬으면 해서."

"뭔데?"

"세 사람한테 먼저 무공을 가르쳐 준 것은 나름대로 준비가 되어 있었기 때문이기도 했지만 다른 이유가 있었어."

"다른 이유? 속 시원하게 좀 얘기해 봐."

병목의 재촉에 상천이 고개를 끄덕이고 말을 이었다.

"나 혼자 저 많은 사람들을 다 가르치기에는 버거워. 나도 누군가를 가르치는 건 처음이니까. 그래서 내가 백룡신권을 가르칠 때 옆에서 도와주었으면 해서."

"우리보고 저 애들을 가르치라는 거야?"

병목이 깜짝 놀라 물었다. 다른 두 명 역시 병목과 비슷한 반응이었다.

"가르친다고 하면 거창한 거고, 앞에서 다른 사람들이 따라 할 수 있게 시범을 보이는 거지. 그럼 난 돌아다니면서 자세를 바로잡아 주면 되고. 어때?"

상천의 말에 병목과 나머지 두 명이 걱정스런 표정을 지었다. 과연 자신들이 잘할 수 있을 것인가 하는 생각 때문이었다.

"너무 부담 갖지 마. 그냥 지금까지 배웠던 것들을 앞에서 똑같이 하면 되니까."

상천의 말에 세 사람은 얼떨떨하다는 표정으로 고개를 끄덕였다.

"자, 그럼 내일부터 잘해보자고."

그렇게 말한 상천이 씨익 웃어 보였다.

다음날부터 본격적인 백룡권의 수련이 시작되었다.

상천이 말한 대로 병목을 비롯한 백룡권을 먼저 익힌 세 사람이 앞에서 시범을 보이고 나머지 사람들이 따라 하는 식으로 수련이 진행되었다.

상천은 그들 사이를 돌아다니며 자세를 잡아주고 일일이 조언을 해주었다.

그동안 자신이 수련을 하면서 느꼈던 것들을 아낌없이 얘기해 주었고, 그것을 잘 받아들이는 사람들의 실력은 생각보다 빨리 늘어갔다.

그런 것을 보며 상천은 자신이 수련하던 때를 회상했다.

처음 규화공 수련부터 최근의 백룡권 수련까지.

종삼의 조언이나 가르침 없이 홀로 해온 수련 기간을 생각하며 씁쓸한 미소를 지었다.

'나도 이렇게 잘 가르쳐 주는 사람이 있었으면 더 빨리, 더 쉽게 익힐 수 있었을 텐데……'

딱히 오전반, 오후반을 나누지 않고 시작한 수련은 한 시진 가량 진행되었다.

그러자 대부분의 사람들이 구슬땀을 흘리고 있었다.

"자! 오늘은 여기까지! 당분간은 오늘 배운 것들을 반복해서 수련해 봐. 기억 안 나는 부분은 앞에 있는 세 사람에게 가르쳐 달라고 하면 알려줄 거야."

수련 종료를 알리는 상천의 말에 화들짝 놀란 사람은 앞에서 시범을 보이던 세 사람이었다.

사실 앞에서 시범을 보이는 것도 부담이 되는데 가르쳐 주기까지 하라는 상천의 말에 놀란 것이다.

그러자 수련을 하던 몇몇 아이들이 슬금슬금 세 사람에게 다가갔다.

그 때문에 더 당황한 세 사람은 상천에게 구원의 눈빛을 보냈지만 그런 그들에게 찡긋 웃어준 상천은 여유롭게 백룡문으로 돌아갔다.

아이들에게 백룡권을 가르치는 시간은 상천에게 굉장히 유익한 시간이었다.

배우는 자의 입장에서만 바라보고 생각했을 때에는 몰랐던 백룡권의 새로운 모습을 가르치면서 바라보게 된 것이다.

백룡권의 이해도가 높아지면서 상천에게는 또 다른 변화가 생겼다. 그 변화는 여느 때처럼 아이들을 가르치고 돌아와 저녁 시간이 되어 연무장에 앉았을 때 나타났다.

항상 그래 왔듯 상천은 아이들을 가르치면서 느낀 것들을 눈앞에 만들어놓은 환영을 통해 정리하는 시간을 가지고 있었다.

'역시……. 이렇게 되는 거였어. 음?

환영이 펼쳐 내는 백룡권을 보며 속으로 고개를 끄덕이던 상천은 그 순간 눈앞에 펼쳐지는 광경에 당황해했다.

'뭐지?

상천은 언제나처럼 자신의 눈앞에 하나의 환영만을 만들어낸 상태였다. 하나의 환영을 만들어내고 그것을 자신이 생각하는 대로 움직이는 것은 무리가 없었다.

하지만 환영을 둘 이상 만들어내게 되면 생각이 꼬여 자신이 환영을 마음대로 움직일 수가 없었다. 그렇기 때문에 애초부터 두 개 이상의 환영은 만들어낼 생각조차 하지 않았다.

그런데 지금,

상천의 눈앞에서 백룡권을 펼치고 있는 환영 외에 또 다른 환영이 스멀스멀 모습을 드러내고 있었다.

'난 아닌데?'

분명 상천 자신은 의식적으로 또 다른 환영을 만들어내지 않았다. 그럴 생각도 없었고, 그것이 무리라고 생각하고 있었기 때문이다.

그런데 순식간에 버젓이 또 다른 환영이 모습을 드러냈다.

한 손에 검처럼 보이는 기다란 것을 든 채.

그때, 검을 든 환영이 상천 쪽으로 고개를 살짝 돌렸다.

'잘 봐.'

마치 그렇게 말하는 듯했다.

'어떻게 하나 보자.'

상천은 자신의 눈앞에 그려진 두 개의 환영을 유심히 관찰했다.

백룡권을 펼치던 환영이 하던 것을 멈추고 새롭게 나타난 환영 쪽으로 몸을 돌렸다.

마치 비무를 하려는 두 사람이 마주 보는 것과 같았다.

잠시 동안 서로를 바라보던 두 환영이 천천히 움직이기 시작했다.

'비무인가?'

검을 든 환영은 지금까지 상천이 수련해 왔던 단월검을, 원래 상천이 만들어냈던 환영은 백룡권을 펼치기 시작했다.

상천의 예상대로 두 환영은 비무를 했다.

아니, 정확하게 말하면 비무가 아닌 대련이었다.

두 사람은 마치 미리 합을 짜놓고 무공을 펼쳐 내는 것처럼 피하고 막고 반격하는 것이 딱딱 맞았다.

'이게 뭐야?'

상천은 도대체 지금 눈앞에 이런 상황이 왜 펼쳐지고 있는지 도저히 알 수가 없었다.

지금까지는 환영이 펼쳐 내는 초식들을 보면서 얻을 것들이 적게나마 있었지만 지금 눈앞에서 펼쳐지는 광경에서는 조금도 얻을 것이 없어 보였다.

'어떻게 하지?'

문제는 지금 눈앞에 펼쳐지는 대련을 멈출 방법이 없다는 것이었다.

단월검을 펼치고 있는 환영이야 애초에 자신이 만들어낸 것이 아니었기에 어쩔 수 없었지만 백룡권을 펼치던 환영은 대련이 시작되는 순간부터 자신의 통제를 완전히 벗어난 상태였다.

그렇다 보니 눈앞에 펼쳐지고 있는 대련을 멈출 수가 없었다. 지금으로서는 끝날 때까지 기다리는 것밖에는 방법이 없었다.

'후우……'

상천이 손으로 턱을 괸 채 나직이 한숨을 쉬었다.

이런 기이한 현상은 그날이 끝이 아니었다.

그날 이후로 매일 저녁 계속되었다.

처음에는 도대체 왜 이런 현상이 벌어지는 것인지 의아해하기만 하던 상천도 점차 시간이 지나면서는 생각을 바꾸었다.

'분명 이유가 있을 거야.'

그렇게 생각한 상천은 두 환영의 비무를 유심히 관찰하기 시작했다.

그러나 비무는 지금까지 봤을 때 느꼈던 것과 별반 다르지 않았다.

순서도 똑같았고 속도도 똑같았다.

하지만 상천은 지금까지와 달리 비무에 분명 무언가가 있을 것이라 생각하고 동작 하나하나를 눈여겨보았다.

'뭐가 있을까? 도대체 뭐지?'

아무리 봐도 상천은 자신이 익힌 검법, 권법 이상의 것을 찾아낼 수가 없었다.

'뭔가가 있어, 뭔가가……'

오랜만에 상천의 고민이 깊어졌다.

아이들에게 백룡권을 가르치는 동안에도 상천의 고민은 계속되었다.

어차피 앞쪽 초식의 형은 거의 다 가르친 상태였고, 정확한 자세는 앞에서 시범을 보이는 세 사람이 잘 가르치고 있었기 때문에 처음보다는 여유가 많이 생긴 상황이었다.

그러다 보니 상천은 매일 저녁때 보이는 환영들 간의 비무를 떠올리며 새로운 무언가를 찾아내려고 애를 썼다.

"뭐하고 있어?"

수련하던 아이들에게 휴식을 준 병목이 한쪽에 앉아 골똘히 생각에 잠겨 있는 상천의 곁으로 다가오며 물었다.

"음? 아니야. 할 만해?"

"말도 마라. 천이 네가 가르치기로 해놓고서는 너무하는 거 아니냐? 아주 죽을 맛이다."

상천의 물음에 병목이 혀를 내두르며 말했다.

그때였다.

상천과 병목에게로 배동삼이 다가왔다.

"형, 잠깐만."

배동삼이 그렇게 말하며 병목을 일으켜 세웠다.

"만약에 상대가 이렇게 나오면……."

배동삼이 병목의 우측으로 허리를 숙여 피하며 갈비뼈 쪽으로 주먹을 가볍게 휘둘렀다.

"이렇게 나왔을 때 우리가 배운 권법으로 어떻게 막아야 돼? 아직 안 배운 거에 뭐가 있나? 지금까지 배운 걸로는 도저히 막거나 피하기가 어려운데?"

배동삼의 물음에 말문이 막힌 병목이 상천에게로 시선을

돌렸다. 그러자 자연스럽게 배동삼의 시선도 그쪽으로 옮겨
갔다.

두 사람의 시선을 받은 상천은 잠시 동안 그 상황을 머릿속
으로 그려보았다. 그리고는 자리에서 일어서며 말했다.

"지금까지 배운 걸로도 충분히 막을 수 있어. 상대가 이렇
게 들어오면… 방금 전처럼 나한테 한번 해봐."

상천의 말에 배동삼이 고개를 끄덕이며 조금 전 병목에게
했던 것처럼 똑같이 주먹을 뻗었다.

"이렇게 들어오면 여기서 발을 이렇게 움직이고……. 어
라?"

배동삼이 뻗은 주먹을 피하고 막는 방법을 설명하던 상천
이 돌연 하던 것을 멈췄다.

그러자 병목과 배동삼은 의아한 표정으로 상천을 바라보
았다.

불현듯 상천의 머릿속을 스친 것은 지금까지 며칠간 계속
보였던 두 환영의 비무였다.

'얼핏 비슷한 장면을 본 거 같은데?'

검과 권의 비무는 권과 권의 비무와는 확연히 달랐다.

그럼에도 상천은 며칠간 계속 보았던 검과 권의 비무에서
지금의 상황과 비슷한 것을 보았다고 느꼈다.

"형?"

배동삼이 아무런 말도 하지 않고 생각에 잠겨 있는 상천을

조용히 불렀다. 그러자 병목이 입으로 검지를 가져다 대며 조용히 하라는 듯 그를 잡아끌었다.

"뭔가 생각하는 중인가 봐. 그러니까 궁금한 건 내일 물어보고 오늘은 방해하지 말자."

병목의 말에 배동삼이 고개를 끄덕이며 물러갔다.

배동삼이 물러가고 잠시 동안 상천을 바라보던 병목 역시 조용히 자리를 피했다.

아이들의 수련을 병목 등 세 명에게 맡긴 상천은 곧장 백룡문으로 돌아왔다.

해가 저물기 전에 상천이 돌아오자 먼저 와 있던 종삼이 의아한 듯 그를 바라보았다. 하지만 뭔가 골똘히 생각하고 있는 그의 표정에 별다른 말은 하지 않았다.

백룡문에 돌아온 상천은 종삼을 보았는지 못 보았는지 별말 없이 곧장 연무장 바닥에 털썩 주저앉았다.

해가 뉘엿뉘엿 기울면서 주저앉은 상천의 뒤로 그림자가 기다랗게 늘어지고 있었다.

'바보 같았어. 그걸 생각 못하다니. 검법과 권법, 보법을 따로따로 생각하다니⋯⋯.'

문득 떠오른 생각을 바탕으로 상천이 알게 된 것은 며칠간 계속해서 눈앞에 보인 환영들의 비무는 단순히 단월검과 백룡권의 새로운 면을 보여주려는 의도가 아니었다는 점이다.

'서로 다른 무공이라고 해서 꼭 다르다는 법은 없지. 유사점이 있을 수도 있고 조화를 이룰 수 있는 부분도 있을 거야. 그걸 몰랐다니……'

상천은 연무장을 바라보며 환영을 하나 만들어내었다.

여느 때와 마찬가지로 백룡권을 펼쳐 보일 흐릿한 환영이었다.

스멀스멀.

그러자 그 맞은편에 또 다른 환영이 모습을 드러냈다.

단월검을 펼칠 환영이었다.

연무장 위에 모습을 드러낸 두 환영은 이윽고 비무를 시작했고, 상천은 그것을 뚫어져라 바라보았다.

'기본적으로 검법과 권법은 보법과 조화를 이뤄야 해. 그리고 단월검의 저 초식은… 그래, 지금 보이는 백룡권의 저 초식과는 상극이야.'

상천의 눈이 바쁘게 움직이고 있었다.

단월검을 펼쳐 내는 환영의 움직임과 백룡권을 펼쳐 내는 환영의 움직임을 좇고 각각의 초식들을 비교하고 분석하기 시작했다.

상천의 눈만큼이나 머리가 바쁘게 돌아가기 시작했다.

무려 나흘의 시간이었다.

상천은 먹지도 자지도 싸지도 않고 연무장 바닥에 주저앉은 채 일어날 생각도 하지 않았다.

앉아 있는 자세 역시 크게 변하지 않았다.

한 자세로 오래 앉아 있으면 몸이 찌뿌듯해서 기지개라도 한 번씩 켤 법도 한데 상천은 그 자세 그대로 앉아 있었다.

"저대로 돌이 되는 거 아닌지 모르겠네."

그렇게 중얼거리는 종삼의 목소리에는 크게 걱정하는 기색이 없었다.

상천이 그만큼 중요한 것에 엄청난 집중력을 발휘하고 있다는 것을 잘 알고 있기 때문이었다.

"언제까지 앉아 있을지는 모르겠지만 다시 일어나면 고생 깨나 할 거다."

그렇게 중얼거린 종삼이 일을 하기 위해 밖으로 나갔다.

종삼이 나가고 반 시진 정도의 시간이 흘러 상천이 크게 한숨을 내쉬었다.

"후우……."

나흘 동안 두 환영의 비무를 지켜보면서 많은 것을 알게 된 상천이었다.

완전히 새로운 것만을 찾으려 했던 상천은 이번 기회를 통해 기존의 것에서도 새로운 것을 발견하고 만들어낼 수 있다는 것을 알게 되었다.

"으악!"

　자리에서 일어나려던 상천은 굳은 뼈에서부터 느껴지는 지독한 통증에 비명을 지르며 다시 털썩 주저앉았다.

　"시간이 얼마나 지난 거야? 아이고 아파라!"

　그렇게 중얼거린 상천이 다시금 힘겹게 가부좌를 틀고는 규화공을 운용하기 시작했다.

　단전에 있던 청명한 기운이 상천의 몸 구석구석을 돌며 통증이 올라오는 곳들을 어루만지기 시작했다.

第九章
봉문

상천에게 있어서 병목을 비롯한 아이들을 가르치는 일은 새로운 동기 부여를 가져다주었다.

누군가를 가르친다는 것이 부담되었던 것은 사실이지만 그 부담감은 보람과 뿌듯함, 즐거움으로 변해갔다.

상천에게서 백룡권을 배우기 시작한 아이들의 건강도 좋아지고 있었고 실력도 제법 많이 늘어가고 있었다.

워낙 배우려는 의지가 강했기 때문이기도 하지만 상천이 지금까지 수련하면서 느꼈던 것들을 아낌없이 전해주었기 때문이다.

실력들이 많이 늘기는 했지만 상천은 단순히 백룡권만 익혀서는 분명한 한계가 있다는 것을 알고 있었다.

그래서 요즘 들어 고민하고 있는 것이 규화공의 전수였다.

지금까지 상천이 수련을 해오면서 느낀 것은 규화공이 무공의 위력을 높이는 데 효능이 있지 않다는 점이다.

물론 심법이고 단전에 내공이 쌓이고 있기 때문에 초식을 펼치는 데 있어서 위력이 없지는 않았다. 다만 초식의 위력을 극대화하기에는 부족하다는 느낌을 받았다.

하지만 무인이 아닌 호신용으로 익히는 권법이라면 규화공으로도 충분히 자신의 몸 하나는 지킬 수 있을 것이라는 판단이 섰다.

다만 상천이 고민하는 것은 백룡권과 달리 규화공은 백룡문 무공의 근간이 되는 것이기 때문이었다.

아무리 종삼이 상천에게 알아서 하라고 하기는 했지만 규화공을 외인에게 가르치는 것은 조금 상황이 달랐다. 그들 전부를 백룡문의 문도로 받아들인다면야 상관이 없겠지만 상황상 그럴 수 없어 더욱 고민이 되었다.

상천은 열심히 수련하고 있는 아이들을 물끄러미 바라보았다.

다들 굉장히 진지한 표정으로 병목 등이 시범을 보이는 동작들을 따라 하고 있었다.

처음에는 상천이 일일이 돌아다니면서 자세를 바로잡아주고 자신이 아는 것들을 말해주었지만 이제는 병목 등이 알아서 잘하고 있었다.

시작할 때까지만 해도 다른 아이들을 가르치는 것에 굉장한 부담을 느끼던 그들도 이제는 익숙해져 나름 잘해내고 있었다.

'가르칠까?'

상천의 고민이 깊어졌다.

생각보다 오래 걸렸다.

아이들에게 규화공을 가르칠 것인지 말 것인지에 대한 결정을 내리기까지 보름의 시간이 걸렸다.

장고 끝에 상천이 내린 결정은 '가르치자' 였다.

호신용이기는 하지만 이왕 무공을 가르치기 시작한 것, 제대로 가르쳐 보자는 생각이었다.

그러는 와중에 어느덧 상천의 나이 열아홉이 되었다.

규화공을 가르치는 일은 결코 쉽지 않았다.

아무리 하급의 것이라 하여도 심법이라는 것은 기본적으로 깨달음을 바탕으로 하는 것이다.

권법이나 검법처럼 형이 있는 것이 아니기에 설명과 해석으로만 가르쳐야 했다.

제각각 이해하는 수준이 다르고 무공에 대한 자질이 달랐기 때문에 성취 속도 또한 제각각이었다.

　그러다 보니 단체로 세워놓고 가르칠 수 있는 백룡권과 달리 규화공은 한 사람, 한 사람을 직접 가르쳐야만 했다.

　시간은 백룡권을 가르칠 때보다 배로 들었고, 더 힘이 들기도 했지만 상천은 보람과 즐거움을 느끼고 있었다.

　특히나 아랫배 쪽이 따뜻하고 묵직하다는 이야기를 하는 막내들을 보면 자신이 처음 규화공을 익히고 단전에 내공이 쌓이기 시작할 때를 떠올리며 입가에 흐뭇한 미소를 지었다.

　상천의 나이 열아홉이 되던 해의 늦봄.

　점점 날이 더워지기 시작하자 어린아이들은 가만히 앉아서 하는 규화공 수련을 힘들어했다.

　특히나 한창 뛰어놀 나이에 한 시진 이상 가부좌를 틀고 가만히 앉아 있어야 하니 좀이 쑤셔하기 일쑤였다.

　그런 아이들을 어르고 달래며 수련을 시킨 결과 여름 초입에 들어설 때쯤에는 모두가 단전에 내공을 조금이나마 쌓을 수 있었다.

　"이제 끝인가?"

　일 년 이상 백룡권을 가르치고 규화공을 가르친 상천이 지난날을 돌아보며 중얼거렸다.

　그리고는 자신의 앞쪽에 가부좌를 틀고 앉아 규화공을 운용하고 있는 아이들의 얼굴을 하나하나 뜯어보았다.

그동안 참 정이 많이 든 얼굴들이다.

잠시 후, 가부좌를 틀고 눈을 감은 채 규화공을 운용하던 사람들이 하나둘씩 눈을 떴다.

모두의 입가에는 만족스런 미소가 번져 있었다.

"자, 다들 모여봐."

모두가 운공을 마치고 눈을 뜨자 상천이 그들을 불러 모았다.

"이제 내가 가르쳐 줄 건 다 가르쳐 줬어."

상천의 말에 아이들의 얼굴에서는 희열이 묻어났다. 다만 어려서부터 상천과 함께 지냈던 병목 등의 얼굴은 살짝 어두워졌다.

상천에게 더 이상 배울 것이 없다는 것은 이제 앞으로 그의 얼굴을 매일 볼 수 없다는 것과 같았기 때문이다.

"내가 마지막으로 하고 싶은 말은 무공을 익혔다는 것을 절대 함부로 얘기하고 다니지 말라는 거야."

"왜요?"

상천의 말에 어린아이 한 명이 손을 번쩍 들며 물었다.

질문을 하는 아이의 얼굴에는 어디 가서 자랑하고 싶다는 표정이 역력했다.

"자칫 잘못하다가는 더 힘 센 아저씨들한테 혼날 수도 있거든."

"형아도 못 이겨요?"

“글쎄? 내가 이길 수 있는 사람도 있고 없는 사람도 있겠지?”

상천의 말에 아이가 슬그머니 손을 내렸다.

“그리고 또 하나는 절대로 무공을 익혔다고 해서 자기보다 약한 사람을 괴롭히지 말라는 거야.”

이번 상천의 말에는 모두가 고개를 끄덕였다.

힘이 없고 구걸을 하고 다니는 처량한 신세라서 당한 것이 많았기 때문이다.

그런 일을 당하면 나중에 힘이 생겼을 때 똑같이 해주겠다는 마음을 먹는 사람들도 있었지만 적어도 이 자리에 있는 사람 중 그런 마음을 먹는 사람은 아무도 없었다.

평소 병목이 자신들은 절대 그렇게 살지 말자는 이야기를 자주 했기 때문이다.

“자, 다들 고생 많았어. 수련은 하루도 빼놓지 말고 매일 해야 되는 거 알지?”

상천의 말에 모두가 고개를 끄덕였다.

“오늘 수련 끝!”

그들을 보며 미소를 지은 상천이 그들을 해산시켰다.

모두 자리를 뜨고 상천의 옆에 병목 혼자 남아 있었다.

“이제 안 올 거지?”

“음? 왜 안 와? 오지. 지금처럼 매일 오지는 못하겠지만.”

병목의 물음에 상천이 웃으며 대답했다. 하지만 병목의 표정에는 아쉬움이 진하게 묻어 있었다.

"표정이 왜 그래? 그러지 마. 안 올 것도 아닌데. 자주 올게."

"그래, 자주 와. 그리고 고맙다."

"고맙긴."

병목의 말에 상천이 그의 어깨를 가볍게 툭 치며 말했다.

상천의 손끝에 제법 탄탄하게 발달한 병목의 어깨 근육이 느껴졌다.

상천은 수련이 끝났음에도 여기저기서 주먹을 휘두르는 아이들을 물끄러미 바라보았다.

"나도 저 아이들처럼 옆에서 성심성의껏 가르쳐 주는 사람이 있었으면 좋았을걸."

그 아이들을 보며 상천이 중얼거렸다.

"음? 무슨 소리야?"

"아니야, 아무것도. 갈게. 앞으로 꾸준히 하는 게 중요해. 알지?"

"그래, 알았다. 조심해서 가라. 멀리는 안 나가마."

그렇게 말하는 병목에게 가볍게 손을 한번 들어 보인 상천이 그곳을 벗어났다.

멀리 안 나가겠다던 병목은 상천의 모습이 저잣거리로 스며들 때까지 서 있다가 발걸음을 돌렸다.

아이들을 가르치는 일이 끝난 후, 상천은 며칠 동안 허전함을 달래야 했다.

아침에 눈을 떠서 자신도 모르게 백룡문을 나서려다가 '아!' 하고 멈춰 선 것이 하루 이틀이 아니었다.

매일같이 그러다가 열흘이 지나서야 조금 적응할 수 있었다.

그렇게 적응 기간(?)을 거치고 나서야 상천은 마음 편하게 집중해서 무공 수련에 임할 수 있었다.

그동안 아이들을 가르치며 느꼈던 것들을 틈나는 대로 정리하고 자신의 것으로 만들려고 노력했고, 실제로 그렇게 했지만 시간적으로 부족한 것이 사실이었다.

때문에 상천은 최대한 지금까지 느꼈던 것들을 되새기면서 자신의 것으로 소화하는 데 노력을 기울이기 시작했다.

그렇게 시간이 흐르고 여름이 다 지나갔다.

가을 날씨에 접어들었다고는 하지만 아직까지는 낮 기온이 여름 못지않게 올라갔다.

아침, 저녁은 서늘하고 낮에는 푹푹 찌는 더위가 기승을 부리니 고뿔에 걸려 기침을 하는 사람들이 제법 늘어나고 있었다.

백룡문에도 고뿔 바람이 불었다.

젊은 상천이야 아무렇지도 않았지만 처음 봤을 때보다 많이 늙은 종삼이 고뿔에 걸렸는지 연일 콜록거리고 있었다.

심할 때는 마치 폐병에 거린 사람처럼 심하게 기침을 하는데 옆에서 보는 상천이 다 폐가 찢어지는 것 같은 통증을 느낄 정도였다.

"콜록! 콜록!"

며칠 상간에 기침이 심해져 일하러 나가지 못하고 백룡문에 남아 있던 종삼이 또 한 번 가벼운 기침을 했다.

수련을 하던 상천은 종삼의 기침 소리에 잠시 쉴 겸 그에게 다가갔다.

"아저씨, 괜찮아?"

"콜록! 콜록! 괜찮아. 하던 거 마저 해도 돼."

"나도 조금 쉬려고."

종삼의 말에 대답한 상천이 그 옆에 앉았다.

"콜록! 콜록!"

종삼이 또 한 번 기침을 했다. 숨을 쉴 때마다 바람 빠지는 소리가 섞여 나왔다.

"약이라도 지어다가 먹어야 되는 거 아니야?"

"약은 무슨. 고뿔 같은 건 약 안 먹고도 나아야지."

그렇게 대답한 종삼은 호흡이 힘든지 눈에 보이게 어깨를 들썩였다.

"등 돌려봐."

상천의 말에 종삼은 다른 말 하지 않고 등을 보이고 돌아앉았다.

토닥토닥.

조금이라도 기침이 줄어들까 싶어서 손바닥으로 가볍게 등을 쓸어내렸다.

그 때문인지 종삼의 호흡도 조금 편안해졌고, 기침도 가벼워졌다.

"고맙구나."

기침이 줄어들고 호흡이 안정되자 다시 등을 돌려 바로 앉은 종삼이 상천에게 말했다.

그 모습을 보는 상천은 마음이 별로 좋지 않았다.

예전에는 자신과 티격태격할 정도로 기운이 넘치는 종삼이었지만 십 년 가까운 세월이 흐른 지금에는 기운이 많이 없어 보였기 때문이다.

"들어가서 좀 누워 있어."

"누워 있는 것도 힘들다. 허리 아파. 그냥 이렇게 앉아 있는 게 좋아."

상천의 말에 종삼이 가만히 고개를 저으며 대답했다.

"그래, 그럼 여기 앉아서 쉬고 있어."

그렇게 말한 상천은 다시 연무장으로 발걸음을 옮겼고, 곧 다시 무공 수련에 집중하기 시작했다.

그것을 지켜보고 있던 종삼은 이내 대청마루 기둥에 기대어 앉아 꾸벅꾸벅 졸기 시작했다.

정신없이 수련을 하다가 꾸벅꾸벅 조는 종삼을 본 상천은 조심스럽게 그를 안고 안으로 들어가 눕혔다.

그리고는 심란한 마음을 안고 백룡문을 나서서 병목이 있는 곳으로 향했다.

오랜만에 찾아온 상천을 본 병목과 아이들은 굉장히 반가워했다. 하지만 상천의 얼굴에서 어두운 그림자를 본 병목은 다른 아이들을 물리고 그와 나란히 앉았다.

"왜 그래? 무슨 일 있어? 얼굴이 어두운데."

"아저씨가 아프셔."

"아프시다고? 어떻게?"

상천의 말에 병목이 걱정스런 표정으로 물었다.

"모르겠어. 고뿔이라는데 낫질 않네."

"의원에는 가본 거야?"

병목의 물음에 상천이 가만히 고개를 저었다. 그러자 병목이 놀라 말했다.

"의원도 안 가봤어? 얼른 모시고 다녀와야지!"

"후우……. 내가 가자고 안 해봤겠어? 고뿔 정도는 약 안 먹고도 낫는 거라면서 고집이니 그렇지."

한숨 섞인 상천의 대답에 병목이 중얼거렸다.

"그동안 고생이 많긴 하셨지……."

"고생은 무슨."

병목의 말에 상천이 시큰둥하게 대답했다.

"고생하셨지. 너 데려다가 먹이고 가르치고……. 애 키우는 게 쉬운 게 아니잖아."

"허! 누가 들으면 나한테 일평생 헌신한 줄 알겠다."

상천이 병목에게 핀잔을 주었다. 그러자 오히려 병목이 어이없다는 표정으로 그를 바라보았다.

"너야말로 이상한 거 아냐? 그건 예의가 아니지. 너 데려가서는 갖은 고생 해가면서 돈 벌어서 입히고 먹이고 재우고 무공 가르치고 그랬는데 무슨 말을 그렇게 해?"

병목의 말에 이번에는 상천이 이상하다는 표정으로 그를 바라보았다.

"일? 대낮에 기루 가고 도박장 가는 게 일이야?"

"뭐야? 너 아무것도 모르고 있었어?"

상천의 대답에 병목이 황당하다는 표정으로 되물었다. 그쯤 되니 상천도 뭔가 이상한 것을 느낄 수밖에 없었다.

"너 몰랐어? 네 사부님, 이 동네에서 온갖 고생 다 해가면서 일하셨어. 기루나 도박장 같은 데에서 푼돈 받고 경비무사 같은 거 하면서 험한 꼴도 꽤 보셨을걸. 그뿐이 아니야. 남들 하기 꺼리는 힘든 일도 안 가리고 하시더라. 그게 누구 때문이겠어?"

처음 듣는 병목의 말에 상천은 충격을 받은 표정이었다.

'일? 일을 했다고? 기루 가고 도박장 간 게 다 일 때문이었어? 돈 벌려고? 나 때문에?'

그제야 상천은 모든 것을 알게 되었다.

돌아와서는 허리 아프다고 했던 것, 아침에 나가 저녁 때 들어온 것, 제대로 무공을 가르쳐 주지 않았던 것.

전부 다 일을 했기 때문이다.

일을 하니 여기저기 아프고, 백룡문에 붙어 있을 시간이 없고, 그러다 보니 무공을 가르쳐 줄 시간이 없었던 것이다.

"괜찮아?"

멍한 표정의 상천을 본 병목이 슬쩍 물었다.

상천은 대답 대신 자리에서 일어나 뭔가에 홀린 사람처럼 그곳을 떠났다.

어떻게 걸어왔는지 모르게 백룡문으로 돌아온 상천은 곧장 방 안으로 들어갔다.

안에서는 종삼이 여전히 잠을 자고 있었다.

잠에 빠져 기침은 하지 않고 있었지만 숨을 쉴 때마다 몸 안쪽에서 가래 끓는 소리가 조그맣게 들렸다.

"아저씨……."

잠이 든 종삼의 옆에 앉은 상천이 조용히 중얼거렸다. 그리고는 많이 야윈 그의 손을 꼭 잡았다.

"미안해, 정말 미안해."

그렇게 중얼거린 상천이 고개를 푹 숙였다.

*   *   *

종삼의 상태는 좀처럼 낫지 않았다.

단순한 고뿔로 생각했던 상천의 근심은 점점 더 커져만 갔다.

의원에 가서 진료 좀 받아보자는 상천의 말을 종삼은 한사코 거절했다. 자신의 몸은 자신이 가장 잘 안다면서.

그렇게 계절이 바뀌고 서늘한 바람이 아닌 칼바람이 불기 시작하면서 종삼의 상태는 더욱 심해졌다.

기침이 워낙 심해 잠도 제대로 자지 못할 정도였고, 숨이 차서 말을 하는 것도 쉽지가 않았다.

찬 기운이 더욱 심한 저녁부터 새벽까지 잠을 제대로 자지 못하니 낮에는 대부분의 시간을 잠을 자며 보냈다. 그나마도 중간에 깨면 한동안 심한 기침을 계속해서 토해냈다.

그것을 옆에서 지켜보는 상천은 가슴이 아팠다.

이러다가 진짜 피 토하고 죽는 것은 아닌지 하는 걱정에 무공 수련도 제대로 하지 못할 정도였다.

마음 같아서는 강제로 둘러업고 의원에 데려가고 싶었지만 밤에 못 자는 잠을 낮에 몰아서 자는 종삼을 보면 그러기도 쉽지가 않았다.

그렇게 시간이 흐르고 함박눈이 내리던 어느 날.

결국 사단이 터졌다.

사박사박.

슥! 슥! 슥!

상천은 간밤에 내린 정강이까지 쌓인 눈을 이른 아침부터 쓸고 있었다.

적당히 내린 것도 아닌, 그것도 함박눈인지라 쓸어내는 것도 쉽지가 않았다.

발이 얼어붙을 것 같았지만 그래도 상천은 중간 중간에 아궁이에 가서 언 발과 손을 녹여가며 눈을 쓸었다.

"콜록! 콜록!"

안에서 또다시 종삼의 기침 소리가 들렸다.

반 시진쯤 전에 잠이 들었는데 그새 또 잠에서 깬 것이다. 요즘 들어 입맛도 없다 하며 식사도 제대로 못하여 기력이 많이 쇠한 터라 증세가 더 심해지는 것 같았다.

"하……."

상천이 한숨을 내쉬었다.

"콜록! 콜록!"

또다시 종삼의 기침 소리가 들렸다. 조금 전에 흘러나온 소리보다 더 큰 것이 아무래도 많이 안 좋은 모양이다.

빗자루를 아무렇게나 던져 놓은 상천이 서둘러 안으로 들어갔다.

하늘에서는 또다시 함박눈이 내리기 시작했다.

"괜찮아?"

“괜찮다. 하아, 하아.”

괜찮다는 짧은 한마디를 내뱉은 종삼이 거칠게 숨을 쉬었
다. 누워 있는 것이 불편했는지 힘겹게 몸을 일으키는 그를
상천이 부축했다.

“자, 이거 놓고 기대.”

두꺼운 솜을 넣어 만든 베개를 종삼의 등과 벽 사이에 끼워
넣은 상천이 앞에 앉아 가만히 그를 바라보았다.

“조금 춥구나.”

“추워?”

춥다는 종삼의 말에 상천이 방바닥을 만져 보았다.

아궁이에 불을 세게 지펴놓아 방바닥은 뜨끈뜨끈한 상태
였다. 밖에 있다가 들어왔기 때문인지는 모르겠지만 자신도
조금 덥다는 느낌이 들었다.

“외풍이 있나?”

그렇게 중얼거린 상천은 종삼이 기대고 있는 벽 쪽으로 손
바닥을 가져가 보았다.

딱히 바람이 새어들어 온다는 느낌은 없었다.

“자, 이거라도 덮고 있어.”

상천이 이불을 끌어다가 종삼에게 덮어주었다. 그럼에도
종삼은 미약하게 몸을 떨고 있었다.

“진짜 의원에 안 가봐도 돼?”

“괜찮대두. 콜록! 콜록!”

종삼이 또다시 기침을 했다.

이번에는 제법 심해 얼굴까지 시뻘게지고 헛구역질까지 했다.

"안 되겠다. 진짜 의원에 가자."

"이런 고뿔 때문에……."

"아, 쫌!"

계속해서 고뿔타령을 하는 종삼을 보며 결국 상천이 큰 소리를 냈다.

"고뿔 타령한 지 벌써 몇 달째야! 계속 기침을 하고 야위어 가고! 낫기는커녕 심해지기만 하잖아!"

상천이 속상한 마음에 버럭 화를 내었다.

그런 상천을 한번 바라본 종삼은 대꾸할 기력도 없는 듯 지그시 눈을 감았다.

"가자. 응?"

미안한 마음에 상천이 화를 누그러뜨리고 종삼에게 다가가 앉으며 부드러운 어조로 물었다.

하지만 종삼은 힘겹게 고개를 저을 뿐이었다.

"하……."

상천이 깊은 한숨을 내쉬었다.

잠시 이어진 침묵을 깨고 어느새 잠이 든 종삼의 미약한 숨소리가 나직이 흘러나왔다.

다시 내리기 시작한 함박눈 때문에 상천도 방 안에서 쉬고 있었다.

방바닥이 뜨거워 두꺼운 이불을 접어서 깔고 앉은 상천은 가부좌를 틀고 규화공을 운용하고 있었다.

꾸준히 규화공을 익혀온 상천은 어느새 십성 끝자락에 있었다.

비록 규화공이 상승의 무학은 아니라 하지만 어느새 상천의 단전에는 일 갑자에 육박하는 진기가 쌓여 있었다.

물론 명문 무파에서 가르치는 상승의 심법이라면 십성 끝자락에 다다랐을 즈음에는 일 갑자를 훌쩍 뛰어넘는 진기를 가질 수 있었겠지만 아쉽게도 규화공은 그 정도 수준에 미치지 못했다.

무아지경에 빠져 규화공을 운용하던 상천은 한 시진가량의 운기를 끝마치고 천천히 현실로 돌아왔다.

현실로 돌아온 상천이 눈을 뜨기도 전에 가장 먼저 들린 것은 종삼의 기침 소리였다.

소리만 들었을 뿐임에도 종삼의 상태가 좋지 않다는 것을 단박에 알 수 있을 정도로 심했다.

"아저씨, 괜찮아?"

눈을 뜨고 종삼에게로 고개를 돌리며 물은 상천은 깜짝 놀랐다.

종삼은 입을 막고 기침을 하며 앉아 있었고, 그가 덮고 있던 이불이 빨갛게 물들어 있었기 때문이다.

"아저씨!"

깜짝 놀란 상천이 급히 그의 앞으로 다가앉았다.

그의 손과 입은 기침을 하며 토해낸 피로 흥건했고, 이불 역시 제법 많은 양의 피 때문에 새빨갛게 물들어 있었다.

"아저씨, 업혀!"

상천이 서둘러 종삼을 둘러업었다.

아직도 종삼은 기침을 하고 있었고, 그의 입에서는 피가 흘러내리고 있었기에 상천은 조급한 마음이 들었다.

종삼을 업고 추위에 대비해 이불로 꽁꽁 싸맨 상천이 문을 열고 밖으로 나갔다.

어느새 눈은 그쳐 있었지만 살을 에는 듯한 차가운 바람이 제법 강하게 불고 있었다.

이를 악물고 종삼을 업은 채 밖으로 나온 상천은 제대로 걷기 힘들 정도로 쌓인 눈길을 뛰었다.

몇 번이고 미끄러질 뻔했지만 혹여나 종삼이 다치게 될까 봐 안간힘을 쓰며 버텨냈다.

최대한으로 달려 저잣거리에 도착한 상천은 사람들을 찾았다.

눈이 많이 내렸기 때문인지 저잣거리를 다니는 사람은 거의 없었고, 그나마 있는 사람들도 최대한 움츠린 채 발걸음을 재촉하고 있었다.

“저기요. 길 좀 물을게요! 의원이 어디에 있죠?”

상천이 지나가는 사람 한 명을 붙들고 물었다.

하지만 그 사람은 들은 척도 하지 않고 상천의 팔을 뿌리친 채 가던 길을 재촉했다.

무정한 그 사람의 태도에 화가 난 상천은 뭐라 한마디 하려고 했지만 종삼의 상태가 위중했기에 꾹 참고 다른 사람을 붙들고 길을 물었다.

그렇게 겨우겨우 사람들에게 길을 물어 의원을 찾아간 상천은 굳게 닫힌 문을 주먹으로 두드렸다.

쾅쾅쾅!

“환자예요! 문 좀 열어봐요!”

문을 두드리고 소리를 질러봐도 문은 열리지 않았다.

인기척이 느껴지는 것으로 보아 안에 사람이 있기는 한데 문을 열어주지 않았다.

“이봐요! 문 좀 열어보라고요!”

쾅쾅쾅!

상천이 다시 한 번 문을 두드리며 재촉했다. 그 와중에도 그의 등에 업혀 있는 종삼은 계속해서 기침을 하고 피를 토하고 있었다.

“이런 씨발! 사람이 죽어간다고! 의원이라면서! 사람 죽게 놔두는 곳도 의원이냐! 젠장! 이 개새끼들아!”

쾅!

상천이 악에 받쳐 문을 거칠게 걷어차며 욕을 퍼부었다.

그러자 안에서 가까이 다가오는 인기척이 느껴졌고, 굳게 닫혀 있던 문이 살짝 열렸다.

"누구요?"

태연하게 묻는 사내의 목소리가 들렸다.

그 목소리에 상천은 더욱 화가 났다. 지금까지 두드리고 욕하고 소리를 질러댔음에도 귀찮다는 기색이 역력한 목소리로 묻는 것을 보며 화를 참을 수가 없었다.

"문 열어! 환자라고!"

상천이 화가 잔뜩 난 목소리로 소리쳤다.

그러자 문이 조금 더 열리고 목소리의 주인공이 눈으로 상천과 등에 업힌 종삼의 모습을 위아래로 훑었다.

"잠시만 기다리시오."

그렇게 말한 사내가 다시 문을 닫았다. 안쪽에 걸어 잠가놓은 고리를 푸는 것 같았다.

이윽고 문이 열렸고, 다급하게 안으로 들어선 상천은 문을 열어준 사내를 노려보았다.

"의원이 어딨지?"

"어린놈이 반말은!"

"의원 어딨냐고!"

상천이 서늘한 눈초리로 살기를 담아 말했다. 그러자 슬쩍 눈을 피한 사내가 손가락으로 한쪽을 가리켰다.

퍽!

"으악!"

의원이 있는 곳을 알아낸 상천은 다급한 나머지 어깨로 사내를 밀치고 지나갔다. 물론 방금 전에 있었던 일에 대한 악감정도 어느 정도 담겨 있는 행동이었다.

그 때문에 바닥에 넘어진 사내가 그를 노려보았지만 상천은 전혀 신경 쓰지 않고 의원이 있다는 방 쪽으로 다가갔다.

"당신이 의원이요?"

"무슨 일이오?"

상천이 거칠게 문을 열고 안으로 들어가자 졸다가 사내의 비명 소리에 눈을 떠 비몽사몽한 상태의 의원이 겁에 질린 목소리로 물었다.

"환자요."

아직 화가 덜 풀린 목소리로 대답한 상천이 업고 있는 종삼을 조심스럽게 바닥에 눕혔다.

"몇 달 전부터 계속 기침을 하더니 오늘은 피까지 토했으니 봐주시오."

상천의 말에 고개를 끄덕인 의원이 서둘러 종삼의 맥을 잡아보았다.

잠시 맥을 잡아보던 의원이 심각한 표정을 지었다.

"상태가 아주 심각합니다. 이제까지 안 찾아오고……."

"일단 치료부터 해주시오."

퍽!

상천의 말에 고개를 끄덕인 의원은 서둘러 침을 가져와 종삼의 몸 곳곳에 꽂았다.

종삼의 몸에 침을 다 꽂은 후 의원이 작게 한숨을 내쉬자 상천이 조심스럽게 물었다.

"어떻소?"

"일단은 조금 지켜봐야 할 것 같습니다."

의원이 떨리는 목소리로 말했다. 그러나 의원의 표정이 어두운 것을 본 상천은 뛰는 심장을 멈출 수가 없었다.

하지만 이내 고개를 저으며 잡념을 떨친 상천은 창백해져 있는 종삼의 손을 꼭 잡아주었다.

눈발은 며칠째 계속되었다.

하늘에서 떨어지는 눈은 세상의 모든 어둠과 더러운 것들을 덮어버리려는 듯 새하얗게 쌓여갔다.

계속해서 눈이 내리고 쌓이다 보니 사람들은 눈을 치울 엄두도 내지 못했다. 그러다 보니 밖으로 나다니는 사람도 없었다.

그런 길을 상천은 매일같이 오갔다.

종삼을 다시 백룡문으로 데려올 생각은 아예 할 수 없었고, 상천이 백룡문에서 의원까지 왔다 갔다 하면서 종삼을 간호했다.

치료를 받기 시작한 지 나흘째 되던 날.

종삼이 의식을 찾았다.

하지만 기력이 많이 쇠한 상태였고, 몸도 많이 야위어 있었다.

그것을 보는 상천은 가슴이 아팠다.

정정하여 자신과 장난도 치고 자신에게 호통도 치고 자신만만해하던 종삼의 모습이 아직도 눈에 선했다.

그런데 지금 이렇게 병석에 힘없이 누워 있는 모습은 아직도 믿기 어려웠다.

상천은 그런 종삼을 보며 손을 꼭 잡아주었다.

많이 떨어진 그의 체온을 느끼며 자신의 온기가 종삼으로 하여금 다시 일어설 수 있는 힘이 되었으면 하는 간절한 바람을 담아서.

그런 상천의 정성을 바로 옆에서 느끼고 있는 의원도 성심성의껏 종삼을 치료했다.

그 때문에 상천 역시 첫날의 일 때문에 가지고 있던 안 좋은 생각들이 많이 사라진 상태였다.

그날은 눈도 많이 오고 날도 추워 의원에서 일하는 하인이 귀찮은 마음에 그렇게 행동한 것이고, 그것을 알게 된 의원이 그 하인을 크게 혼냈다는 것을 들었다.

게다가 그 하인도 나중에 상천에게 진심으로 사과를 했기에 지금은 화가 다 풀린 상태였다.

"좀 어떻습니까?"

자고 있는 종삼의 맥을 짚어보는 의원에게 상천이 조심스레 물었다. 첫날에는 자신보다 나이 많은 의원에게 안 좋은 감정이 있어 평대를 했지만 지금은 존대를 하고 있었다.

"후우……."

깊은 한숨을 내쉰 의원이 작게 고개를 저었다. 그 모습에 상천의 표정도 많이 어두워졌다.

"한기(寒氣)가 몸속 깊은 곳까지 침투해 있는 상황이라 쉽게 치료하기가 어렵군요. 일단 화기를 돋우는 약을 통해 버티고는 있지만 오래가진 못할 것 같습니다."

의원의 말에 상천은 억장이 무너지는 것 같은 기분이었다.

"치료할 방법이 없겠습니까?"

"지금으로서는… 몇 달 버티는 게 고작입니다."

의원의 말에 상천은 고개를 떨구었다.

눈물이 나오려고 했지만 애써 꾹 참았다. 언제 종삼이 깨어날지 모르기 때문이다.

"그래도 최선을 다해보겠습니다."

"알겠습니다. 고맙습니다."

안타까움이 진하게 묻어나는 의원의 말에 상천은 울먹이는 목소리로 대답했다.

"그럼……."

종삼이 편히 쉴 수 있게 의원이 자리를 피하자 상천은 종삼의 손을 꽉 쥐며 말했다.

"아저씨, 이런 모습은 아저씨답지 않잖아. 나한테 잔소리도 하고 그래야지. 나한테 더 가르쳐 줄 거 없어? 다 가르쳐 줘야지. 응?"

상천이 울먹이는 목소리로 말했다.

두 눈에는 눈물이 그렁그렁했지만 이를 악물고 참았다.

"천아……."

"음? 아저씨, 깼어?"

종삼의 목소리에 상천이 종삼에게 바짝 다가앉으며 물었다.

"이제 그만 돌아가자."

종삼이 힘없는 목소리로 상천에게 말했다. 그 말에 상천은 아무런 대답도 하지 않고 그의 손을 더욱 힘주어 잡았다.

종삼은 자신의 상태가 쉽게 낫기 어렵다는 것을 알고 있었다.

상천에게는 고뿔이라고 했지만 단순한 고뿔이 아니라는 것도 알고 있었다.

몇 달이 지나서야 자신이 피 토하는 것을 보았지만 이미 그 전부터 피를 토한 자신인데 그 정도는 알 수 있었다.

"돌아가자꾸나."

종삼의 말에 상천이 애써 웃으며 고개를 저었다.

"여기서 좀 더 치료받으면 괜찮아진대. 그러니까 조금 더 있다가 가자. 그리고 지금은 밖에 눈도 많이 내려서 걷기 힘들어. 그러니까… 그러니까… 여기에 좀 더 있다가 가자.
응?"

상천의 말에 종삼이 있는 힘을 다해 입가에 미소를 만들어
내었다. 그리고는 작은 목소리로 말했다.

"땅을 파봐라. 돈이 나오나."

작게 흘러나오는 종삼의 목소리를 들은 상천은 피식 미소
를 지었다.

눈은 붉게 충혈되어 있었지만 얼굴은 최대한 밝게 미소를
지었다. 기력이 많이 쇠하고 오래 살기 힘든 종삼이었지만 변
한 것은 그것뿐이었다.

지금 자신의 눈앞에 있는 종삼은 지금까지 자신이 알고 있
던 종삼이다.

"좀 더 있다가 가자. 좀 더. 지금까지 아저씨가 내 고집 꺾
은 적 없잖아? 그러니까 이번에는 고집 꺾으려고 힘 빼지 말
고 내 말 들어."

상천의 말에 종삼이 천천히 다시 눈을 감으며 힘겹게 중얼
거렸다.

"못 꺾긴… 지금까지… 다… 져준 거다, 이 녀석아."

종삼의 병세는 오락가락을 반복했다.

호전되는 듯싶다가도 악화되었고, 악화되어 오늘내일 하
다가도 다음날에는 많이 호전되기도 했다.

그런 종삼의 변화에 일희일비하던 상천은 그럼에도 종삼의 병세에 큰 차도가 보이지 않자 마음의 준비를 하고 있었다.

그동안 종삼이 벌어놓은 돈은 의원에 거의 다 쏟아부은 상태였다.

이제는 돈도 얼마 남지 않은 상황이었고, 더 이상 의원에 오래 있을 수가 없었다.

그나마 의원이 인심을 베풀어 싼값에 계속 치료를 해주었기에 지금까지 있을 수 있지 그렇지 않았다면 엄동설한에 종삼은 비명횡사했을지도 모를 일이었다.

유달리 추웠던 겨울이 지나가고 조금씩 날이 따뜻해지고 있었다.

꽃샘추위 때문에 간혹 눈이 오기도 했지만 양이 얼마 되지 않았고, 그나마도 다음날이면 전부 다 녹아 없어질 정도로 많이 따뜻해져 있었다.

세상천지에 온기가 돌기 시작해서일까?

오락가락하던 종삼의 병세는 조금씩 안정을 찾아가고 있었다.

차도가 있는 것은 아니었지만 적어도 호전되었다가 악화되기를 반복하지는 않았다.

그 때문에 그런 종삼을 보며 고통스러워하던 상천도 조금이나마 마음고생을 덜 수 있었다.

스스로도 몸 상태가 조금 나아졌다는 것을 느꼈는지 날이 따뜻해지기 시작하면서 종삼은 계속해서 돌아가자고 고집을 부렸다.

상천의 마음 같아서는 조금 더 의원에 머무는 것이 낫지 않을까 싶었지만 이번만큼은 종삼의 고집을 꺾기 어려웠다.

종삼의 고집도 고집이었지만 상천이 백룡문으로 돌아가기로 마음먹은 결정적인 이유는 의원의 말 때문이었다.

"보아하니 백룡문이 사문인 모양인데, 생의 마지막을 고향 같은 곳에서 보내고 싶은 것은 당연한 것입니다. 그러니 뜻대로 해주는 게 좋을 것 같군요."

의원의 이야기를 듣고 보니 그 말이 맞는 것 같아 상천은 자신의 뜻을 접고 종삼의 뜻에 따르기로 마음먹었다.

백룡문으로 돌아온 종삼의 표정은 한결 밝아져 있었다.

마치 모든 병이 다 나은 사람처럼 혈색도 좋아졌고, 예전보다 기침을 하는 횟수도 많이 줄어 있었다.

그런 종삼의 모습을 보니 상천은 돌아오길 잘했다는 생각이 들었다.

날은 점점 따뜻해지고 종삼의 병세도 안정세에 접어들었다.

물론 아직까지 기력은 쇠한 상태였고 아침저녁으로 기침

도 계속하고는 있었지만 적어도 겉으로 보이는 모습은 예전보다 많이 안정되어 있었다.

스무 살이 된 상천은 완전히 어른의 모습이었다.

풍기는 분위기 역시 어린 시절과는 확연히 달라져 있었다.

그동안 무공 수련을 거의 홀로 해오면서 여러 가지를 느끼고 깨달은 덕분에 또래의 청년에 비해 확실히 사고가 깊었다.

따뜻한 햇살을 받으며 상천은 연무장에서 구슬땀을 흘리고 있었다.

십 년 동안 수없이 반복하고 익혀온 백룡문의 무학은 자신이 생각하기에 완성되지 않은 상태였다.

부족한 부분이 많았고 채워 넣은 부분이 많았다.

하지만 지금 당장 그 문제를 해결할 수 있는 방법은 없었고, 스스로도 한계를 느끼고 있었기 때문에 조금도 수련을 게을리하지 않았다.

지금 당장 방법이 없다고 해서, 막힌다고 해서 손을 놔버리면 그만큼 퇴보한다는 것을 스스로가 잘 알고 있기 때문이다.

자신의 시야에 닿은 곳에 종삼을 앉혀놓고 수련을 하던 상천은 어느새 날이 어둑해진 것을 깨닫고는 식사를 준비하기 위해 주방으로 발걸음을 옮겼다.

한 달 가까이 요리를 하다 보니 처음에는 막막하기만 하고 뭐가 뭔지 잘 몰랐지만 지금은 어느 정도 익숙해져 사람이 먹을 수 있는 맛을 내는 간단한 음식들을 만들 수 있을 정도가 되어 있었다.

물론 종삼은 음식을 씹어 넘길 수 있는 상황이 아니었기에 그가 먹을 수 있는 죽은 따로 만들고 있었다.

식사 준비를 끝낸 상천은 밥상을 준비하고는 종삼에게 다가갔다.

많이 따뜻해졌다고는 하지만 해가 저물면 서늘한 기운이 감돌았기 때문에 서둘러 종삼을 안으로 데리고 들어갔다.

대청마루 기둥 쪽에 기대어 앉아 있는 종삼을 번쩍 안아 들고는 방 안으로 들어간 상천은 벽 쪽에 그를 조심스럽게 앉혔다.

일어서서 걷고 움직이는 것조차 힘겨워하는 그의 모습을 볼 때면 아직까지도 마음 한구석이 찡했다.

"잠깐만 기다려, 아저씨. 밥 가져올게."

그렇게 말한 상천은 후다닥 주방으로 달려가 밥상을 들고 돌아왔다.

조촐한 밥상이었지만 종삼은 입가에 은은한 미소를 짓고 있었다.

"자, 아~ 해."

상천의 말에 종삼이 입을 조금 벌렸다.

그러자 숟가락으로 죽을 조금 뜬 상천이 그의 입안으로 천천히 죽을 흘려 넣었다.

"괜찮아? 안 뜨거워?"

"괜찮네."

종삼이 짧게 한마디 하고는 천천히 죽을 씹어 목구멍으로 넘겼다.

죽 한 그릇을 다 먹는 데 시간이 꽤 걸렸다.

많은 양을 먹지 못함에도 불구하고 한 숟가락 먹는 데에도 상당한 시간이 걸렸기 때문이다.

예전의 상천 같았으면 못 참고 답답해했겠지만 지금은 종삼이 다 먹을 때까지 기다려 주었다.

그렇게 종삼의 식사가 다 끝나고 나서야 상천이 식사를 했고, 그러다 보니 식사 시간만 한 시진 가까이 걸렸다.

식사가 끝나고 정리까지 끝마치고 나자 이미 밖은 완전히 어두워져 있었다.

해가 길어졌음에도 불구하고 사위가 이 정도로 어두워졌다는 것은 제법 밤이 깊어가고 있다는 뜻이기도 했다.

방 안에 이부자리를 편 상천은 피곤해하는 종삼을 자리에 눕혔다. 그러자 종삼은 베개에 머리를 대자마자 잠에 빠져들었다.

"하~암!"

종삼을 재운 상천 역시 몰려오는 피로감에 길게 하품을 하고는 불을 끄고 자리에 누워 잠을 청했다.

어둠이 물러가고 어렴풋이 날이 밝아올 무렵.

종삼은 상천보다 먼저 눈을 떴다. 잠시 동안 천장을 바라보며 눈을 껌뻑이던 종삼은 자리에서 일어서기 위해 안간힘을 썼다.

기력이 많이 약해져 혼자 일어서는 것도 힘들어하는 종삼이지만 상천을 깨우지 않고 혼자 상체를 일으키기 위해 땀을 흘렸다.

그렇게 일각 정도의 시간이 흘러서야 종삼은 겨우 상체를 일으키고 앉을 수 있었다. 일어나 앉는 데 얼마나 많은 힘을 쏟았는지 그의 몸은 땀으로 흠뻑 젖어 있었다.

"하아… 하아… 하아……."

힘겹게 일어나 앉은 종삼은 숨을 몰아쉬었다.

잠시 동안 그렇게 앉아 있던 종삼은 호흡이 조금 진정되자 이번에는 책상 쪽으로 몸을 끌었다.

근력이 많이 떨어져 있는 상황에서 축 처지는 몸을 끌고 나아간다는 것은 결코 쉬운 일이 아니었다.

또 한 차례 온몸을 땀으로 흠뻑 적신 후에야 종삼은 책상 앞에 앉을 수 있었다.

그렇게 또 한동안 호흡을 진정시킨 종삼은 호롱불을 켜지도 않은 채 앞에 놓인 종이에 붓으로 무언가를 쓰기 시작했다.

붓도 제대로 잡을 수 없고 팔을 장시간 들고 있기도 어려운 상황이었지만 종삼은 한 글자 한 글자 정성을 들여 적어나갔다.

오랜 시간에 걸쳐 무언가를 적어 내려간 종삼은 내용을 다 적은 뒤 붓을 내려놓고 잠시 동안 먹이 마르기를 기다렸다가 종이를 두 번 접은 뒤 그것을 한쪽에 있는 이불장 밑에 툭 밀어 넣었다.

그리고는 다시 힘겹게 몸을 끌어 자던 자리로 돌아가 눕고는 눈을 감았다.

종삼이 다시 잠들고 반 시진도 되지 않아 상천이 눈을 떴다. 평소 규화공을 수련하는 시간에 맞춰 일어난 그는 옆에 누워 있는 종삼을 한번 본 뒤 조용히 자리에서 일어나 밖으로 나갔다.

상쾌한 아침 공기를 마시며 규화공 수련을 시작한 상천이 다시 눈을 뜬 때는 이미 해가 온 세상을 밝히고 있는 시간이었다.

"후우, 돈을 벌긴 벌어야 될 텐데…… 아저씨가 저러고 있으니 밖에 나가 있을 수도 없고…… 어떻게 하지?

규화공 수련을 끝내고 잠시 그대로 앉아 한숨을 내쉬며 중얼거린 상천은 잠시 후 자리를 털고 일어났다.

아침 식사 준비를 위해 주방으로 향하던 상천은 깜짝 놀랐다.

어떻게 나왔는지 종삼이 대청마루까지 나와 앉아 있었기 때문이다.

"아저씨, 어떻게 나왔어? 괜찮아?"

황급히 그에게 다가간 상천이 걱정스러운 듯 물었다. 그러자 종삼이 미소를 지으며 고개를 끄덕였다.

"괜찮구나. 왠지 오늘은 몸이 좀 가벼워."

그렇게 말하는 종삼의 목소리에도 어제보다는 힘이 느껴졌지만 상천은 왠지 모르게 불안했다.

"여기에 잠깐만 있어. 금방 밥상 차려올게."

"아니야. 괜찮아. 그보다 여기에 좀 앉아봐라."

주방으로 향하는 상천을 만류한 종삼이 그를 자신의 옆에 앉혔다.

"벌써 십 년인가, 여기에 온 게?"

"그러네. 벌써 십 년이네. 시간 참 빨리 간다."

종삼의 말에 상천이 고개를 끄덕이며 대답했다.

십 년이면 강산도 변한다는 긴 시간인데 왠지 모르게 지난 날들이 굉장히 짧게 느껴졌다.

"보고 싶구나."

"뭘?"

"그간 네가 익힌 것들을."

"지금까지 다 봐놓고서는."

　갑작스런 종삼의 말에 왠지 모를 쑥스러움을 느낀 상천이 주저하자 종삼이 다시 한 번 말했다.

　"그래도. 십 년 동안 얼마나 많이 늘었고, 얼마나 달라졌는지 보고 싶구나."

　그렇게 말하는 종삼의 목소리에서 간절함을 느낀 상천이 알겠다는 듯 고개를 끄덕이고는 자리에서 일어났다.

　"나도 연무장 쪽으로 데려가 주겠느냐? 가까이에서 보고 싶어서 그런다."

　"햇볕이 뜨거워. 그냥 여기서 봐. 몸도 안 좋은데."

　하지만 종삼은 고개를 저으며 고집을 부렸다. 그 모습에 작게 한숨을 내쉰 상천이 고개를 끄덕였다.

　"그럼 잠깐만 기다려 봐. 편한 의자 가져올게."

　그렇게 말한 상천이 방 안으로 들어가더니 등받이와 팔걸이가 있는 의자를 가지고 나와 연무장 쪽으로 가져갔다.

　잠시 의자를 들고 좋은 자리를 찾던 상천은 태양이 움직이는 방향을 고려해 그늘진 적당한 곳에 의자를 내려놓고는 종삼에게 다가왔다.

　"자, 가자."

　그렇게 말한 상천이 종삼을 번쩍 안아 들었다.

　괜한 기분 탓인지 상천은 평소보다 종삼이 더 가볍게 느껴진다는 생각을 했다.

　"조심하고……."

조심스럽게 종삼을 의자에 앉힌 상천은 낡은 목검을 들고 연무장 한가운데에 섰다.

"후우……."

지금껏 자신이 수련하는 모습을 종삼이 본 적이 없었던 것도 아닌데 이상하게 다른 때보다 더 긴장이 되었다. 그 때문에 크게 한숨을 한 번 내쉰 상천이 검을 들어 올렸다.

"너무 긴장하지 말고."

종삼이 작은 목소리로 한마디 했다.

하지만 그 작은 목소리는 너무나도 또렷하게 상천의 귀를 파고들었다.

그 덕분에 떨리는 가슴을 진정시킨 상천은 천천히 지금까지 자신이 갈고닦은 단월검을 펼쳐 보이기 시작했다.

첫 번째 초식인 겹화부터 마지막 초식인 역천까지.

상천의 목검은 아름답게 허공을 수놓았고, 종삼은 마치 마지막이라도 되는 것처럼 눈도 깜빡이지 않은 채 그 모든 것을 담았다.

단월검을 펼친 상천은 목검을 내려놓고 천유보와 함께 백룡권의 초식을 펼쳐 보였다.

어느새 종삼이 보고 있다는 사실은 까맣게 잊은 채 자신이 펼치고 있는 무공에 몰입하고 있었다.

상천이 펼쳐 내는 무공을 보는 종삼은 자신도 모르게 눈시울이 붉어지고 있었다.

눈에 담고 있는 무공들은 자신이 가르친 무공이 아니었다.

종삼 자신이 가르친 무공이 조금도 가공하지 않은 원석이었다면, 지금 상천이 펼쳐 내고 있는 무공은 그 원석을 조금이나마 가공한 모습을 하고 있었다.

그 모든 것을 상천 혼자의 힘으로 해낸 것이다.

상천이 펼쳐 내는 무공을 보면서 종삼은 어느 사부들처럼 제대로 된 가르침을 주지 못했다는 것에 대한 미안함과 혼자서도 이렇게나 무공을 익히고 발전시켰다는 것에 대한 고마움, 그리고 대견함이 물밀 듯 밀려와 저절로 두 눈에 눈물이 맺혔다.

그러나 종삼은 상천의 무공이 모두 끝날 때까지 눈물을 흘리지 않았다.

눈앞이 흐려지면 제대로 볼 수가 없기 때문이다.

있는 힘을 다해 어금니를 깨물며 눈물을 참아내었다.

종삼이 그러고 있는 것도 모른 채 상천은 처음부터 끝까지 단월검과 천유보, 백룡권을 전부 다 펼쳐 보였다.

모든 초식을 끝마친 상천은 자세를 바로 하며 심호흡을 통해 호흡을 조절했다.

그렇게 잠시 동안 서 있던 상천이 종삼에게로 다가왔다.

"어땠어?"

상천이 긴장된 목소리로 물었다. 그러자 종삼이 미소를 지으며 대답했다.

“아주 좋았다. 멋있었어. 박수 쳐주고 싶은 마음은 굴뚝같은데 힘이 없어서 그게 잘 안 되는구나.”

종삼의 말에 상천이 환하게 웃었다.

“방 안에 들어가면 이불장 밑에 뭐가 있을 게다. 그것 좀 가져오너라.”

“알았어. 잠깐만 기다려.”

종삼의 목소리에는 힘든 기색이 역력했다. 그의 말에 대답한 상천은 서둘러 방 안으로 들어갔다.

“이불장 밑에……”

그렇게 중얼거린 상천은 바닥에 납작하게 엎드린 채 이불장 밑을 바라보았다.

그 밑에는 새벽에 종삼이 힘들게 무언가를 적은 종이 하나가 들어 있었다.

“뭐지?”

그러면서 종이를 꺼낸 상천은 펼쳐 볼 생각도 하지 않고 서둘러 밖으로 나갔다.

알 수 없는 불길함이 그의 전신을 휘감았기 때문이다.

밖으로 나온 상천은 곧장 종삼에게 다가갔다.

의자에 앉아 있는 종삼은 지그시 눈을 감고 있었다.

그 앞에 서서 잠시 동안 멍하니 종삼을 바라보던 상천의 몸이 조금씩 떨리기 시작했다.

호흡이 점점 가빠오기 시작했고, 눈에는 괜히 눈물이 맺히기 시작했다.

"뭐야, 이거. 왜 이래? 아저씨, 이거 읽어봐도 되지? 읽는다?"

상천은 괜히 더 밝게, 더 큰 목소리로 말했다. 하지만 종삼에게서는 아무런 대답도 없었고, 상천은 떨리는 손으로 종이를 펼쳐 보았다.

종이에는 딱 봐도 힘겹게 적은 티가 나는 삐뚤빼뚤한 글씨가 빼곡히 적혀 있었다.

천아.

네가 이 서찰을 보고 있을 때면 난 아마 눈을 감았을 게다. 먹물이나 말랐을지 모르겠구나.

너를 처음 만난 날을 난 아직도 잊을 수가 없단다.

당돌하게 제자가 되어주겠다고 하던 네 모습을 보고 난 뭔가에 홀린 사람처럼 고개를 끄덕였지.

우연히 찾아온 인연이었지만 지금에 와서 돌이켜 보면 그건 우연이 아니라 필연이었구나 하는 생각이 든단다.

지금에 와서 고백하건대 난 네게 참 많은 거짓말을 하면서 십 년을 살아왔단다. 이렇게 가는 것도 아마 그 벌을 받는 게 아닌가 하는 생각이 드는구나. 부디 읽고 너무 화내지 않기를 바란다.

우리 백룡문은 일인전승의 문파가 아니란다.

제법 많은 문도를 거느리던 중소 규모의 문파였지. 네가 읽은 일대기의 주인공인 호천강 조사님은 나름 강호 무림에서 이름을 날리던 분이셨고.

거기까지 읽던 상천이 코를 훌쩍이며 중얼거렸다.
"쳇! 내가 몰랐는지 알아? 다 알고 있었다고."
그렇게 중얼거리는 상천의 두 눈에 결국 눈물이 그렁그렁 맺히기 시작했다.

우리 백룡문이 쇄락의 길을 걷게 된 결정적인 이유는 인재가 없었기 때문이다.
네가 알고 있는 무공들이 비록 내가 알려준 것처럼 신검, 신권, 신보, 신공은 아닐지라도 나름 역사 깊은 무공이고 실제 강호에서 어느 정도 인정을 받기도 했다.
하지만 그것을 제대로 이어받을 인재가 백룡문에는 없었다. 그것은 나도 마찬가지였지.

"이것도 다 알고 있었다고. 내가 이래 봬도 저잣거리에서 눈칫밥 먹으면서 살았어."

너를 처음 만나서 이곳까지 데려올 때에도 큰 기대를 하지 않았다.

사람 보는 안목이 뛰어나질 않아서 인재를 고를 능력도 되지 않았고, 제자를 구하기도 어려운 상황에서 너를 만났지. 그때 너를 보는 내 심정은 희망 같은 것이 아니었다.

그저 '백룡문의 명맥이 끊어지지 않게 이어질 수 있겠구나' 하는 안도감이 전부였다.

그리고 너에게 무공을 가르치는 데에도 소극적이었지.

아니, 정확히 말하면 소극적이었다기보다는 제대로 가르칠 수 있는 실력이 내게는 없었단다.

이류도 안 되는 실력 가지고 누굴 가르치겠느냐.

물론 내가 너에게 가르친 무공들은 껍데기였다.

그렇다고 해서 가르치기 싫어서 가르치지 않은 것은 아니었단다. 내가 알고 있는 모든 것은 너에게 다 가르쳤다.

혼자 어렵게 수련을 하고 막히는 부분에서 끙끙대고 있을 때 왜 내가 아무런 말도 하지 않았는지 아느냐? 할 수 없었기 때문이다. 아는 것이 없었기 때문에.

그것 때문에 굉장히 가슴이 아팠단다.

계기야 어떻든지 간에 널 거두었는데 그 책임을 다하지 못하는 것 같았기 때문이란다.

그래서 너에게 나를 사부라 부르게 하지도 못했단다. 물론 네 성격에 그렇게 했을지는 의문이지만.

어쨌든 그런 널 보면서 방해나 되지 말자는 생각에 밖을 돌아다녔고, 먹고살기 위해 일도 했단다. 사실 네 앞에서 허세도 많이 부렸고.

　그런 악조건 속에서 네가 벽을 뛰어넘고 내가 가르친 껍데기에 살을 채워 넣는 것을 보았단다.

　그때 아주 조금 기대를 했지.

　혹시나 네가 백룡문을 다시 되살릴 수 있지 않을까 하는.

　하지만 그런 기대는 곧 접었단다.

　내가 하지 못하는 것을 네게 기대하는 것은 너무 큰 짐을 지우는 일이고 무책임한 일이라는 생각이 들었기 때문이란다.

　여기까지 읽은 상천은 잠시 고개를 들어 하늘을 올려다보았다. 금방이라도 눈물이 떨어져 글자가 번질 것 같았기 때문이다.

　잠시 눈물을 말린 상천은 다시금 서찰로 시선을 돌렸다.

　여기서부터는 더욱 글씨가 엉망이었다. 그만큼 힘이 많이 떨어진 상태에서 썼다는 것을 알 수 있었다. 그렇기에 상천은 더욱 가슴이 아팠다.

　천아.

　너는 어떻게 느꼈을지 모르겠지만 나는 널 여기에 데려온 순간부터 널 내 아들처럼 대했단다.

　겉으로는 너와 티격태격하곤 했지만 언제나 널 보는 마음은 사랑이었단다. 그랬기 때문에 지금까지 너와 함께한 모든 순간이

나에게는 행복한 순간으로 남아 있단다.

그리고 그런 행복한 추억을 가지고 조사님들 곁으로 가게 되어 너무나도 기쁘단다.

천아,

너에게 많은 것을 바라지는 않는다.

그저 나와 함께한 십 년의 세월을 잊지 않고 간직한다면 그것만으로도 난 행복하게 눈감을 수 있을 것 같다.

거기에 아주 작은 욕심을 덧붙이자면 우리 백룡문의 명맥이 끊어지지 않도록 인생 말년에 제자 한 명이라도 거둬달라는 것이다.

지금 이 순간부터는 네가 백룡문의 사십오대 문주다.

사랑한다, 천아.

종삼의 서찰은 그렇게 끝이 났다.

상당히 긴 장문의 서찰을 쓰는 동안 종삼이 얼마나 힘이 들었을지 생각하니 가슴이 아팠다.

"내가 어떻게 지난 십 년의 세월을 잊을 수 있겠어. 이십 년 인생의 반을 함께했는데."

그렇게 중얼거린 상천은 다시 서찰을 곱게 접어 바닥에 내려놓았다.

그리고는 의자에 앉아 미소를 지은 채 눈을 감고 있는 종삼에게 절을 하기 시작했다.

한 번, 두 번, 세 번…….

그렇게 아홉 번 절을 한 상천이 종삼을 향해 입을 열었다.

"아저씨, 아니, 사부. 이렇게 사부라고 부르는 것도 처음이자 마지막이네."

그렇게 말하는 상천의 눈에서 눈물 한 방울이 흘러내렸다. 서둘러 옷자락으로 눈물을 훔친 상천이 환하게 웃었다.

"사부가 내게 베풀어준 은혜는 평생 갚아도 못 갚을 것 같아. 거지꼴로 사는 나를 데려와서 먹여주고 입혀주고, 거기에다가 무공까지 가르쳐 줬잖아. 이렇게 번듯하게, 사람처럼 살게 해준 은혜를 어떻게 갚아야 할지 모르겠어. 그런 사부의 은혜를 조금이나마 갚는 길은 조금이라도 문파의 이름을 알리고 문도들을 끌어들여서 키우는 것밖에는 없는 것 같아. 과거 전성기 때만큼은 어렵겠지만 그래도 그 밑거름은 만들어 놓을게. 이건 사부와 나와의 약속이야. 훗날 나도 눈 감고 사부가 있는 곳으로 가면… 그렇게 되면……."

거기까지 말한 상천이 입을 다물었다.

계속 말하면 가슴이 복받쳐 눈물이 터져 나올 것 같았기 때문이다.

잠시 감정을 추스르던 상천이 다시 말을 이었다.

"그때 가서 더 행복한 추억 만들자. 꼭. 알겠지? 사부를 평생 그리워하면서 살게. 그래도 난 울지 않을 거야. 그게 나잖

아. 안 그래? 훗날 지금 사부와 한 약속을 지키게 되는 날, 그
날 울게. 그러니까 안 운다고 너무 야속해하지 말고 그때까지
기다려 줘."

그렇게 말한 상천이 고개를 푹 숙였다.

그리고 곧 그의 어깨가 들썩였다.

흐느끼는 듯했지만 상천은 필사적으로 눈물을 참고 있었
다. 얼마나 세게 이를 악물었는지 입술을 깨물었는지 입에서
는 피가 나고 있었다.

그렇게 상천은 한참 동안 그 자리에 그렇게 서 있었다.

상천은 연무장 한가운데에서 종삼의 시신을 화장했다.

그리고 유골 가루를 단지에 모시고 백룡문 깊숙한 곳에 있
는 조사전에 안치했다. 그리고 부족한 실력으로 위패를 깎아
세워놓았다.

백룡문 사십사대 문주 종삼(白龍門四十四代門柱宗三).

그렇게 적힌 위패 앞에 절을 한 상천이 조사전을 나섰다.
그리고는 백룡문 곳곳을 돌아다니며 주위 전경을 눈에 담
았다.

백룡문을 둘러본 상천은 곧장 백룡문을 나섰다.

상천이 발걸음을 옮긴 곳은 병목 등이 있는 곳이었다.

그곳에 간 상천은 병목을 비롯한 전부를 모아놓고 입을 열었다.

"사부님이 돌아가셨어."

상천의 한마디에 아직 죽는 것에 대한 인식이 없는 아이들을 제외한 나머지는 크게 놀랐다.

"진짜? 언제? 장사는 치른 거야?"

깜짝 놀란 병목이 상천에게 물었다. 가만히 고개를 끄덕인 상천이 말을 이었다.

"이제부터는 내가 백룡문의 장문인이야. 그래서 하는 말인데……."

잠시 동안 모두들 상천이 하는 얘기를 듣고 있었다. 그의 말이 다 끝나고 나서야 병목이 물었다.

"그러니까 우리도 백룡문의 무공을 배웠으니 문도라 할 수 있고, 앞으로는 여기가 아니라 백룡문에 가서 생활하라는 거야?"

"하라는 게 아니라 하는 게 어떻겠냐는 거지. 강요할 생각은 없어."

상천의 말에 병목이 다른 사람들에게 시선을 돌렸다. 의견을 묻는 것이었다.

"난 찬성!"

제일 먼저 배동삼이 손을 번쩍 들고 말했다. 모두가 자신을 바라보자 조금은 민망했는지 슬쩍 손을 내린 그가 말을 이었다.

"우리한텐 나쁠 것 없잖아? 여기보다는 거기가 더 생활하기 편할 거고."

"하지만 몇몇 애들은 이쪽 마을에서 일을 하고 있잖아."

병목의 말에 배동삼은 잠시 동안 말을 잇지 못했다. 하지만 이미 좀 더 번듯한 곳에서 지내고 싶다는 마음이, 아니, 정확히 말하면 좀 더 그럴싸한 무공을 익히고 싶다는 마음이 가득 차 있는 배동삼은 필사적으로 머리를 굴리기 시작했다.

"조, 조금만 더 부지런 떨면 되잖아?"

"부지런?"

"그, 그래! 반 시진만 일찍 일어나서 나가면 되지 않겠어?"

"으흠……."

배동삼의 말에 병목이 턱을 매만졌다.

갑작스럽게 생각해 낸 것이었지만 나름 그럴듯한 이유를 댄 것 같아 배동삼은 스스로 뿌듯해하고 있었다.

"괜찮을 것 같은데?"

"그러게. 백룡문이 옆 마을에 있다고 했으니 그렇게 멀지도 않고."

"안 멀긴! 두 시진 가까이 걸릴걸?"

“그건 네가 굼떠서 그런 거지.”

여기저기서 찬반 의견이 쏟아졌다. 그리고 상천은 별다른 말 없이 가만히 지켜보고만 있었다.

“자, 조용!”

결국 소란스러운 장내를 진정시킨 것은 병목이었다.

“내 생각에는 말이지…….”

아이들을 조용히 시킨 병목이 자신의 의사를 꺼냈다. 그러자 모두가 그의 입에 주목했다.

“괜찮은 생각인 것 같아. 아이들을 생각하면 좀 더 좋은 곳에서 지내는 것도 괜찮은 것 같으니까. 그리고 어쨌든 우리는 천이에게 무공을 배운 입장이야. 엄밀히 따지면 사부와 제자 사이라는 거지.”

“아니, 뭐… 꼭 그렇다고 할 건 아닌데…….”

병목의 말에 상천이 멋쩍은 미소를 지었다. 그런 상천을 힐끗 한번 쳐다보고는 병목이 계속해서 말을 이었다.

“그러니까 하라는 대로 하는 게 맞는 거 아니겠어?”

병목의 말에 다들 잠시 생각을 하는 듯하더니 이내 고개를 끄덕였다.

“그럼 다들 그렇게 하는 거다?”

“응!”

배동삼이 가장 신나서 큰 소리로 대답했다.

다음날 그들은 모두 백룡문으로 이사를 했다.

백룡문에 온 첫날.

상대적으로 멀쩡한 집에서 살게 된 병목 등은 한껏 들뜬 모습이었다.

외풍이 심한 가건물이 아닌 난방이 잘되는 곳에서 지낼 수 있다는 사실 하나만으로도 그들은 너무나 행복해했다.

그렇게 날이 저물고 모두가 잠든 시각.

병목은 상천과 대청마루에 나란히 앉았다.

"이런 곳이었구나?"

"어……."

병목의 말에 상천은 왠지 자신만 이런 혜택을 누린 것 같아 미안한 마음이 들었다.

왜 그때 전부 다 함께 가면 안 되냐고 묻지 못했는지 이제야 후회가 되었다.

"앞으로 어떻게 할 거야?"

상천이 그런 생각을 하는 사이 병목이 물었다.

"사부랑 마지막으로 약속한 게 있어."

"뭔데?"

"우리 문파의 이름을 알리겠다고."

"아……."

상천의 말에 병목이 조용히 고개를 끄덕였다. 자신들을 이 곳에 와서 살게 한 이유 중 하나일 것이 분명했다.

“문파 이름을 알리려면 어떤 게 필요할까?”

“돈이 필요하지 않을까?”

“돈?”

“어. 돈이 있어야 건물도 다시 번듯하게 세우고, 사람이 늘어나도 먹이고 재우고 할 수 있을 거 아냐.”

병목이 나름대로 생각을 해서 대답했다.

사실 문파를 키우고 이름을 알리는 데 필요한 것이 돈뿐이겠느냐마는 저잣거리에서 생활하던 그들이 생각할 수 있는 것은 거기까지였다.

“돈이라…….”

상천이 중얼거렸다. 그리고는 잠시 밤하늘을 쳐다보다가 입을 열었다.

“무공을 이용해서 돈을 벌 수 없을까?”

“무공?”

“내가 할 수 있는 건 그것뿐이니까.”

“음…….”

상천의 말에 병목이 다시 머리를 굴렸다. 한참을 생각하더니 그가 다시 입을 열었다.

“나도 들은 얘긴데, 무투대회 같은 게 있다고 하더라.”

“무투대회?”

“어. 여러 사람이서 무공을 가지고 싸우는 대회인데, 거기서 우승하면 상금도 많이 준대.”

병목이 저잣거리를 오가며 들었던 이야기를 용케 생각해 내고는 말했다.

"무투대회라……."

상천이 다시 중얼거렸다.

그렇게 밤은 깊어가고 있었다.

며칠의 시간이 지났다.

새로운 곳에 와서 생활하는 것이 마냥 좋은 것만은 아니었다.

생활 습관부터가 예전과는 달라져야 했다.

집다운 집에서 살게 되었으니 몸가짐, 마음가짐 전부 다 그에 맞춰 변해야 했다.

그렇게 시간이 조금씩 흐르자 모두가 적응해 가기 시작했다.

특히나 옆 마을에서 일을 하고 있던 아이들은 처음에는 평소보다 일찍 일어나는 것에 힘겨워했지만 이제는 제법 알아서 일어나는 경우가 늘었다.

그렇게 병목과 아이들이 백룡문에서의 생활에 적응이 되어갈 즈음, 상천이 다시 한 번 그들을 불러 모았다.

"나 돈 벌 거야."

"돈?"

"어, 돈."

상천의 말에 다들 서로를 한 번씩 쳐다보고는 다시 상천에게로 시선을 돌렸다.

"그럼 우리 객점에서 일해!"

"우리 목공소도 있어!"

저마다 자신들이 일하는 곳을 말하며 같이 일하자고 했다. 그런 그들을 보며 상천은 빙긋 미소를 지으며 고개를 저었다.

"그런 식으로 말고. 큰돈을 벌 거야."

"큰돈? 큰돈은 왜 벌려고?"

배동삼이 물었다.

"우리 문파 키우려고."

"키워? 어떻게?"

"건물도 다시 짓고 사람들도 불러 모으고, 그렇게 하려고."

상천의 말에 배동삼이 시무룩한 표정을 지었다.

"그럼 멀리 떠나는 거야?"

"아무래도 그래야겠지."

상천의 대답에 다른 아이들의 표정도 어두워졌다.

"오래 안 걸릴 거야. 그러니까 너무 걱정하지 마. 내가 없어도 지금처럼 생활하면 돼."

상천이 아이들을 안심시키려 말했지만 그것이 쉽게 될 리 없었다.

"언제 떠날 거야?"

그런 아이들을 다독이며 병목이 물었다.

"내일."

"내일?"

상천의 대답에 병목이 깜짝 놀랐다. 이렇게 빨리 떠날 줄은 몰랐던 것이다.

"빨리 가야 빨리 돌아오지."

상천의 말에 병목은 아쉬운 마음을 달래며 고개를 끄덕였다.

다음날.

상천은 마지막으로 방 안으로 들어갔다.

그리고는 기다랗고 넓게 자른 종이에 정성스럽게 두 글자를 적었다.

봉문(封門).

봉문이라 적힌 종이를 들고 간단한 봇짐을 등에 진 상천은 백룡문 밖으로 발걸음을 옮겼다.

병목을 비롯한 모두가 정문 밖으로 배웅을 나왔다.

"나오지 말라니까."

"그래도……."

그나마 가장 의연한 모습을 보이던 병목이 아쉬운 듯 중얼거렸다.

그 모습을 보고 씁쓸한 미소를 지은 상천은 정문 한쪽에 가지고 있던 종이를 단단히 붙였다.

"봉문이지만 기본적인 생활은 가능하니까……. 잘 부탁해."

"걱정 말고 다녀와."

"형, 잘 갔다 와."

배동삼도 짙은 아쉬움이 묻어나는 목소리로 상천의 손을 꼭 잡아주었다.

"그래. 금방 올게. 다들 잘 지내고 있어. 아, 그리고 잡초 뽑는 거 잊지 말고."

상천의 말에 다들 고개를 끄덕였다.

"얼른 들어가. 어서."

"그래, 알았다."

상천의 말에 병목이 다른 아이들을 데리고 안으로 들어갔다. 몇몇 아이들은 상천이 멀어질 때까지 밖에 있으려 했지만 병목이 억지로 안으로 들여보냈다.

마지막으로 병목이 안으로 들어가고 문이 닫혔다.

비록 경첩이 떨어지기 직전의 허름한 정문이었지만 상천에게는 그 어떤 정문보다 더 단단하게 느껴졌다.

모두가 들어가고 난 후,

상천은 봉문이라 적힌 종이를 어루만졌다.
그리고는 뒤로 두어 걸음 물러서고는 조용히 읊조렸다.
"안녕, 사부."

第十章
남녕행

강호 무림은 현재 둘로 나뉘어 있는 상태다.

소림사를 중심으로 구파일방과 오대세가로 대변되고 있는 무림맹과 사도련(四刀連)이 그것이다.

오랜 세월 정도무림의 주인을 자처해 온 구파일방과 오대세가와 다르게 사도련은 새롭게 중원에 등장하여 빠르게 세를 불린 네 개의 도문(刀門)이 연합한 연합체였다.

사람은 안정적인 것을 좋아하게 마련이다.

기존의 틀이 안정적이면 굳이 그 틀이 깨지는 것을 싫어한다. 아니, 정확히 말하면 두려워한다.

자신에게 어떤 일이 벌어질지 모르기 때문이다.

더 좋아질 수도 있겠지만 그 반대가 될 수도 있기 때문에 현재의 안정을 유지하고자 하는 것이다.

사도련이 등장했을 때에도 그랬다.

혹여나 말로만 들었던 강호무림이 피바다가 되는 날이 오는 것은 아닌지, 혹여 그 싸움에 무고한 자신들까지도 피해를 보지는 않을지 두려움에 떨었다.

하지만 사도련이 세상에 나타나고 오십 년이 훌쩍 지난 지금 그런 것을 걱정하는 사람은 없었다.

딱히 무림맹과 친하게 지내지는 않지만 그렇다고 해서 악심을 품지도 않는, 말 그대로 적절한 관계를 유지하기만 할 뿐이었다.

사도련이 등장하고 무림맹과 큰 마찰 없이 지내왔기에 사람들은 두려움을 거두었다.

물론 사도련이 일정 규모 이상 세력을 불리는 것을 무림맹은 적절히 견제해 왔다. 때문에 사도련은 무림맹과 정면으로 충돌하면 전멸하는 것을 간신히 면할 정도까지만 세를 불릴 수 있었다.

또한 비록 사도련이 세력을 불리는 과정에서 무림맹에 속한 문파들이 피해를 보기는 했지만 무림의 평화를 위해서 그 정도는 감수할 수 있다는 것이 무림맹의 생각이었다.

상천의 사문인 백룡문 역시 그러한 과정 속에서 점차 세력을 잃고 지금의 상황까지 몰리게 된 여러 문파 중 한곳이었다.

*　　　*　　　*

　사도련은 도를 사용하는 네 곳의 문파가 모여 만든 연합체
였다.

　귀주성의 반월도문(半月刀門), 호남성의 은남도문(恩濫刀
門), 광서성의 합산도문(合山刀門), 광동성의 천중도문(天中刀
門)이 바로 그곳이다.

　이 네 곳의 도문은 전부 도를 사용한다는 특징을 가지고 있
었다. 거대 문파가 없는 각각의 성에서 세력을 키운 네 문파
는 본디 무림맹에 속한 문파 중 한곳이었다.

　하지만 거대 문파나 세가가 아니다 보니 무림맹의 요구 조
건을 일방적으로 들어주어야 하는 경우가 많았고, 때로는 그
들과 달리 불공평한 대우를 받기도 하여 불만이 쌓이고 있었
다.

　그러던 찰나에 호남성 은남도문의 문주인 가백현(價白現)
의 제안으로 연합체를 만들게 되었다.

　그렇게 해서 탄생한 사도련은 무림맹을 탈퇴하고 독자적
인 세력으로 성장하였고, 귀주, 호남, 광동, 광서뿐만 아니라
강서성, 중경, 운남성 일부, 해남도까지 제법 넓은 지역에 영
향력을 행사하고 있었다.

비록 무림맹을 탈퇴하였다고는 하지만 기본적으로 정도를 지향하는 문파들인 바 도리에 어긋나는 행동을 하지는 않았다.

때문에 강호무림은 큰 탈 없이 평화를 지속할 수 있었다.

*   *   *

백룡문을 떠나온 상천은 허전한 마음을 쉽게 달래지 못했다.

지금 당장에라도 그냥 아이들과 함께 일을 하며 지내는 것이 어떨까 하는 생각이 불쑥불쑥 솟아올랐다.

하지만 종삼과의 약속을 계속해서 되뇌며 마음을 다잡은 상천은 보름이 지난 지금 백룡문이 있던 귀주성 강구(江口)를 떠나 옹안(饔安)에 도착해 있었다.

객잔에 자리를 잡고 앉은 상천은 처음 와보는 이곳이 신기하기도 하면서 두렵기도 했다.

'어디서부터 시작한다?'

백룡문을 떠날 때부터, 아니, 그전에 병목과 대화를 나눴던 그날부터 상천은 무투대회에 나가기로 마음먹었다.

자신이 익힌 무공이 어느 정도나 통할지는 모르겠지만 일단은 부딪쳐 봐야겠다는 생각뿐이었다.

하지만 상천 자신은 모르고 있었지만 이는 엄청나게 무모

한 생각이었다.

무투대회는 병목이 말했던 것처럼 비무를 하는 대회가 아니었다.

목숨을 걸고 하는 싸움.

진짜로 죽을지도 모를 싸움을 하는 것이 바로 무투대회였다.

그런 곳을 일단 부딪쳐 보겠다는 마음가짐으로 나가려 한다니 몰라도 너무 모르는 상천이었다.

객잔에서 간단히 음식을 시켜서 먹고 있는 상천은 사람들을 쓱 한번 둘러보았다.

그리고는 한 번도 고개를 들지 않고 먹는 데에만 집중했다.

하지만 상천의 귀는 어느 두 남자의 대화에 쏠려 있었다.

"이번 대회 우승자는 생각보다 약한 것 같지 않나?"

"약하긴, 상대자들 실력이 워낙 낮아서 그런 거지. 내가 보기엔 절정은 되어 보이던데?"

"절정? 웃기는 소리 하고 있네. 그자가 절정이면 지난 대회 우승자는 초절정이게? 말도 안 되는 소리 하고 있네. 고작해야 일류급인 것 같던데."

"일류는 더 되어 보이던데……."

"아니라니까 그러네. 생각을 해봐. 절정 급 고수가 이런 지역 대회에는 뭐하러 나오겠어?"

"지역 대회라니? 이래 봬도 반월도문에서 후원하는 대회라

고. 게다가 그 정도 상금이면 규모가 상당하잖아? 거기다가
귀주성에서 난다 긴다 하는 사람들이 다 모이는 대회인데.”

“에잇, 몰라. 아무튼 이번 우승자는 약해.”

‘끝난 건가?’

우승자 얘기를 하는 것을 보니 이미 대회가 끝난 것 같아
상천의 표정이 살짝 어두워졌다.

듣자 하니 제법 규모가 있는 대회인 듯한데 그런 대회가 먹
고 나서 뒷간 가듯이 자주 열리지는 않을 것이다.

‘흠……’

식사를 끝마친 상천은 잠시 동안 그 자리에 앉아 있었다.
그러자 나이 어린 점소이 한 명이 차를 한 잔 내왔다.

“아, 저기……”

“네? 뭐 물어보실 거라도 있으세요?”

어린 점소이가 동그란 눈을 깜빡이며 상천에게 물었다. 그
모습이 마치 백룡문에서 지내고 있는 어린아이들의 모습을
떠올리게 만들어 상천은 절로 미소를 지었다.

“그래. 물어볼 게 좀 있어. 듣자 하니 무공을 겨루는 대회
같은 것이 열리는 것 같던데……”

“아, 귀양에서 열리는 그 대회를 말씀하시는 거군요?”

“그래, 그거. 끝났니?”

“보러 가는 길이시면 늦었네요. 닷새 전에 끝났다고 들었
어요.”

상천의 얼굴에 안타까움이 묻어났다.

"다음 대회는 얼마나 더 있어야 열리는지 아느냐?"

"대회는 일 년에 한 번 열려요. 정확한 날짜는 반월도문에서 두 달 전에 공표를 하고요."

"그렇구나."

상천의 대답에 점소이가 허공을 바라보며 뭔가를 헤아리는 듯하더니 말했다.

"제가 얼핏 듣기로 두 달 후에 광서성 남녕(南寧)에서 합산도문이 주최하는 무투대회가 있어요. 부지런히 가면 보실 수 있을 거예요."

"그래?"

점소이의 말에 상천이 눈을 빛냈다.

"남녕이라고 했지?"

"예. 사도련의 네 개 문파에서 후원하거나 주최하는 무투대회 중 마지막 남은 대회예요. 나머지 세 개 대회는 이번에 끝났고요."

"그렇구나. 고맙다."

상천이 품에서 동전 열 문을 꺼내 점소이의 작은 손에 쥐어 주었다.

돈을 받아 든 점소이는 함박미소를 지으며 상천에게 꾸벅 인사를 하고는 부리나케 뛰어갔다.

"남녕이라……."

그렇게 중얼거린 상천은 서둘러 음식 값을 치르고는 객잔 밖으로 나섰다.

객잔 밖으로 나선 상천은 곧장 광서성 남녕으로 방향을 잡았다. 부지런히 가면 볼 수 있을 것이라는 점소이의 말은 말을 탔을 경우를 말하는 것이었지만 상천은 그냥 걸었다.

말을 타본 적도 없었거니와 그렇게나 먼 거리를 가본 적이 없기 때문에 그럴 생각도 하지 못한 까닭이다.

어쨌든 상천은 방향을 남쪽으로 잡고 부지런히 걷기 시작했다.

*　　　*　　　*

합산도문(合山刀門).

광서성에 자리 잡은 사도련의 일익이다.

하지만 광서성 사람들은 합산도문이 얼마나 큰 문파인지 정확하게 알지 못했다.

그저 사도련의 일원이고 도검을 들고 다니는 이들의 입에 합산도문의 이름이 자주 오르내리니 그저 큰 문파구나 하는 정도였다.

광서성 사람뿐만이 아니었다.

사도련에 속한 다른 세 곳 역시 합산도문의 정확한 무력을 파악하지 못하고 있었다.

정기적으로 열리는 회의에서도 합산도문의 문주인 장우량은 과묵한 편이었다. 의결을 할 때 가부(可否)와 관련된 의사만 짤막하게 피력할 뿐이었다.

그 외에 외부 활동이 거의 없다 보니 다른 도문의 문주들은 합산도문에 대한 모든 판단을 유보해 놓고 있는 실정이었다.

그렇게 합산도문은 사도련 내에서도, 중원 내에서도 많은 것이 감춰져 있는 신비로움을 간직한 문파로 자리 잡고 있었다.

합산도문은 광서성의 성도인 남녕 옆에 있는 합산에 위치하고 있었다.

높지 않은 산언저리에 위치한 합산도문은 겉으로 보기에는 그 규모가 그리 크지 않았다.

하지만 그것은 겉으로 봤을 때의 이야기다.

겉으로 보이는 것과 달리 산 전체가 합산도문이라 해도 과언이 아니었다.

산 곳곳에 세워진 건물은 물론이고 수십 개의 동굴, 그리고 인위적으로 동굴을 뚫어 안쪽에 만든 공간까지,

합산도문은 말 그대로 천연 요새화되어 있었다.

장우량의 처소는 아담하고 검소했다.

화려하게 치장되어 있지 않았고, 딱 필요한 것들만 최소한

의 동선에 배치되어 있었다.

침상 위에는 작은 눈에 선이 굵은 얼굴을 한, 그리고 옷으로 가려져 있었지만 충분히 얼마나 근육질인지 짐작할 수 있는 체형의 장우량이 앉아 있었다.

오수를 취하고 일어난 장우량은 간단히 세안을 마친 뒤 집무실로 가기 위해 방문을 나섰다.

"아버지!"

방 밖에서는 장우량의 딸인 장여진이 그를 기다리고 있었다.

검은색 긴 머리를 늘어뜨린 그녀는 갸름한 얼굴에 큰 눈, 그리고 살짝 미소를 지을 때면 쏙 들어가는 보조개를 가진 미인이었다.

"아버지이~ 오수는 편히 취하셨어요?"

그녀가 장우량에게 달라붙으며 애교를 부렸다.

보통 눈에 넣어도 아프지 않을 여식이 달라붙어 애교를 부리면 아버지 입장에서는 좋지 않을 수가 없다.

그런데 지금 장우량의 표정은 전혀 그렇지 않았다.

오히려 잔뜩 찌푸린 얼굴로 그녀를 힐끗 쳐다보았다.

"또 뭐가 그렇게 하고 싶어서 그러느냐?"

장우량의 한마디에 뜨끔한 장여진이 다시금 배시시 웃으며 말했다.

"원하는 거라뇨? 딸이 아버지한테 이러는 게 꼭 뭘 원할 때만은 아니잖아요?"

"넌 그러지 않느냐?"

이어진 장우량의 말에 장여진이 입을 빼쭉 내밀며 그에게서 떨어졌다.

"말해봐. 또 뭐냐?"

장우량이 집무실로 발걸음을 옮기며 물었다.

"지난번에 말씀드린 거……."

결국 장여진이 아버지를 찾아온 목적을 실토하고 말았다.

"또 그 얘기냐?"

장우량은 그녀에게 눈길도 주지 않고 정면을 주시하며 말했다. 그러자 장여진이 총총걸음으로 그를 지나쳐 앞을 막아서고는 말했다.

"오늘 답해주시기로 했잖아요?"

"아직 오늘 지나려면 멀었다."

그렇게 말하며 장우량이 그녀를 지나쳤다.

"아버지!"

멀어지는 장우량을 잠시 동안 서서 빤히 바라보던 장여진이 포기할 수 없다는 듯 따라가며 말했다.

"오라버니들한테는 원하는 대로 다 해주셨으면서 저한테는 왜 그러세요? 네? 네? 네?"

장여진의 물음에 장우량이 다시금 발걸음을 멈추고는 한숨을 푹 내쉬며 말했다.

"지금까지 네가 저지른 일들을 생각해 봐라. 혼자서도 그 정도인데 수족처럼 부릴 수 있는 수하들이 생기면? 생각만 해도 끔찍하구나."

장우량이 고개를 절레절레 흔들며 말했다.

"다신 그런 일 없을 거라고 했잖아요."

"그 말만 골백번은 더 들은 것 같다."

"못 믿으시겠어요? 왜요? 어째서요? 딸이 하는 말인데요?"

"지금까지 네 말 믿어서 피 본 적이 한두 번이 아니지 않느냐?"

그렇게 부녀지간의 대화가 오가는 사이 두 사람은 장우량의 처소가 있는 전각 밖으로 나왔다.

"이젠 진짜로! 정말로! 그런 일 없을 거예요! 네? 그러니까 허락해 주세요!"

장여진이 거의 애원하듯 말했다. 그런 그녀를 힐끗 쳐다본 장우량이 집무실로 발걸음을 서두르며 말했다.

"저녁때 얘기해 주마. 좀 더 생각해 보고."

그 말에 장여진이 활짝 펴진 얼굴로 멀어지는 장우량에게 소리쳤다.

"꼭이에요! 꼭! 오늘 저녁때! 아버지, 사랑해요!"

그녀의 말에 집무실로 향하는 장우량은 미소를 지을 수밖에 없었다.

집무실로 들어선 장우량은 먼저 와서 기다리고 있는 노인을 한번 보고는 자신의 자리에 앉았다.

"어떻게 되어가고 있는가, 총관?"

장우량으로부터 군사라 불린 노인, 갈위가 읍하며 대답했다.

"잘 진행되고 있습니다."

갈위가 길게 늘어진 흰 수염을 매만지며 허리를 폈다. 깊게 파인 주름 사이로 드러나는 눈은 일흔은 되어 보이는 노인의 것이라고 하기 어려울 정도로 총기가 빛나고 있었다.

"아무리 생각해도 무투대회에 참가한 사람들 중에서 추린다는 건 마음에 안 들어."

장우량이 인상을 쓰며 말했다.

"문주님께서도 아시다시피 본 문의 무사 중 잉여 전력은 없습니다. 그리고 청운대의 임무가 아가씨의 호위 겸 문파 인근의 순찰이라면 크게 문제 될 것은 없을 것으로 보입니다."

갈위의 말에 장우량이 고개를 저었다.

"오히려 그래서 문제란 말일세. 엄밀히 따지면 그들은 본 문의 사람이 아니라 낭인들이야. 그런 사람들을 딸아이에게 붙이는 것도 탐탁지 않고, 딸아이가 그들을 이리 휘두르고 저리 휘둘러서 안 좋은 일만 생길까 걱정이란 말일세."

그렇게 말한 장우량이 작게 한숨을 내쉬었다.

"그래서 부대주로 총명한 사람을 한 명 붙일 생각입니다."

“누군가?”

“남화대(藍華隊) 갑조 조장 여소정이라는 여인입니다.”

갈위의 대답에 장우량이 잠시 생각을 하더니 기억났다는 듯 말했다.

“남화대에서 충분히 대주가 될 수 있을 재목이라 평가받던 아이가 아닌가?”

“맞습니다.”

“그런 아이를 남화대주가 순순히 보내주겠는가?”

“별수 있겠습니까? 이미 본 문 내에 아가씨의 성정은 파다하게 퍼져 있습니다. 혹여나 거절했다가 아가씨의 귀에 들어가는 날에는……”

갈위가 뒷말을 아꼈다.

하지만 충분히 예상할 수 있다는 듯 장우량은 손사래를 쳤다.

“아무튼. 그 아이도 괜히 여진이의 말에 휘둘리지는 않을까 걱정이군.”

“걱정 마십시오. 여자아이이기는 하나 고집도 있고 이치에 맞지 않는다 싶으면 직언도 할 수 있는 성정을 지닌 아이입니다.”

“그런가?”

“예. 아가씨와 대원들의 중간에서 교량 역할을 잘해낼 겁니다. 처음에는 조금 버겁겠지만 금방 능력을 발휘하겠지요.”

갈위의 말에 그제야 조금 마음이 놓이는지 고개를 끄덕인 장우량이 의자에 등을 기대며 중얼거렸다.

"여진이가 오라비들 성격 반만 닮았어도 좋으련만."

그 중얼거림에 대답은 하지 않았지만 갈위도 내심 동감한다는 듯 작게 고개를 끄덕였다.

그날 저녁.

장우량으로부터 자신이 원하는 바를 얻어낸 장여진은 합산도문 전체를 휘젓고 다녔다.

*　　　　*　　　　*

다리가 아픔에도 상천은 부지런히 걷고 있었다.

정말 너무 힘들어 더 이상 못 걷겠다 싶을 때에는 나무 그늘에 앉아 일각 정도 쉬었다. 앉아서 쉬는 동안 열심히 발도 주무르고 다리 안마도 해가면서 걸었다.

운기를 하면 빠르게 회복할 수 있겠지만 마땅한 장소도 없고 그럴 시간도 아깝다는 생각에 그냥 앉아서 주무르는 것으로 만족하고 있었다.

그렇게 걷고 쉬기를 반복한 상천은 한 달 만에 광서성 남단(南丹)현에 도착할 수 있었다.

고생에 고생을 해서 그런지 마을에 도착한 상천은 가진 돈 생각하지 않고 눈에 보이는 객잔부터 찾아 들어갔다.

겉모습이 번지르르한 것이 비싸 보였지만 그런 것을 생각할 상황이 아니었다.

하지만 안에 들어가서 식사를 하고 방값을 지불하고 난 상천은 곧바로 후회를 했다.

가진 돈의 반절이 하룻밤에 사라져 버린 까닭이다.

하지만 이미 엎질러진 물.

식사를 마치고 방으로 돌아온 상천은 그대로 쓰러지듯 침상에 누워 잠이 들었다.

아침이 되고 정오가 다 될 무렵이 되어서야 상천은 잠에서 깼다.

옷도 제대로 갈아입지 않고 그냥 쓰러져 잔 탓에 그의 몰골은 말이 아니었다.

"미친 듯이 잤네."

잘 떠지지 않는 눈을 억지로 비벼 뜨며 상천이 중얼거렸다. 그리고는 대충 눈곱을 떼어내고 옷매무새를 다듬은 다음 일층에 마련된 식당으로 내려갔다.

"허! 이렇게 고급스런 곳이었나?"

식당으로 내려온 상천은 깜짝 놀랐다.

사람이 많은 것은 둘째치고라도 식당 내부가 엄청 화려했다.

고관대작이나 갑부들만 들락날락거릴 것 같은 화려한 분

위기의 식당을 생전 처음 본 상천의 눈은 휘둥그레 했다.

"식사하실 겁니까?"

여느 객잔의 점소이들과 달리 깔끔한 옷을 입은 점소이가 다가와 점잖은 어조로 상천에게 물었다.

"네? 아, 네."

"그럼 이쪽으로 오시죠."

점소이의 안내에 따라 한쪽에 있는 식탁에 가서 앉은 상천은 간단한 음식을 주문하고 기다리는 동안 사람들을 훑어보았다.

식당에는 각양각색의 사람들이 모여 식사를 하고 있었다.

이런저런 얘기를 하며 식사를 하는 사람들의 얼굴을 보고 있던 상천은 문득 무언가를 깨달았다.

'생각보다 검을 차고 있는 사람들이 많은데?

상천의 생각대로 식당 곳곳에는 도검을 소지하고 있는 사람들이 많았다.

"식사 나왔습니다."

간단한 음식을 주문했기 때문인지 생각보다 빨리 나왔다. 식탁에 음식을 놓고 가려는 점소이를 상천이 붙잡았다.

"저기요!"

"네? 물어보실 것이 있으십니까?"

굉장히 딱딱한 어투로, 어떻게 보면 굉장히 귀찮다는 내색을 하며 점소이가 물었다.

“아, 그게… 도검을 찬 사람들이 많이 보이는데…….”

상천의 물음에 작게 한숨을 푹 쉬며 대답했다.

“당연한 것 아니겠습니까? 이제 곧 남녕에서 무투대회가 열리는데.”

‘역시!’

점소이의 대답에 상천은 속으로 중얼거렸다.

“이 사람들 전부 다 무투대회에 참가하는 사람들인가?”

그러자 점소이가 가만히 고개를 저었다.

“아마 그냥 구경 가는 사람들이 태반일 겁니다. 참가자들은 거의 다 남녕에 도착해 있을 테고.”

“벌써…….”

“무투대회 참가 신청이 대회 시작 한 달 전부터입니다. 그러니 이미 남녕에 도착해 있겠지요.”

점소이의 말에 상천이 화들짝 놀랐다.

“한 달 전?”

“네. 더 이상 물으실 것이 없으시면 전 바빠서 이만.”

서둘러 상천에게 목을 한 번 까딱하여 인사한 점소이가 총총걸음으로 사라졌다.

“벌써… 끝난 건가?”

상천은 고개를 푹 숙였다.

목돈을 벌 수 있는 기회라 무투대회에 참가하려고 했는데 그것이 무산될 위기에 처해 버렸다.

‘이대로 다시 돌아가야 하나?’

상천은 속으로 중얼거리며 백룡문에 있는 병목 등을 떠올렸다. 다시금 같이 지내게 된 것이 얼마 되지 않았지만 타지에 나와 있기 때문인지 많이 보고 싶었다.

그런 마음이 들자 진짜로 그냥 돌아가고 싶은 마음이 불쑥 솟아올랐다.

하지만 상천은 이내 고개를 저었다.

종삼의 마지막 모습과 그와 했던 약속이 떠올랐기 때문이다.

‘그래, 일단 가보는 거야!’

그렇게 다짐하며 상천은 주먹을 불끈 쥐었다.

식사를 마친 상천은 서둘러 방에 돌아가 짐을 챙겨 가지고 객잔을 나섰다.

밥도 먹었으니 조금 쉬었다가 갈 법도 하건만 상천은 그런 여유도 부리지 않고 서둘렀다.

늦기 전에 남녕에 도착해야 한다는 생각도 있었지만 지정된 시간을 넘기면 방값을 추가로 지불해야 한다는 말 때문이었다.

그렇게 쫓기듯 객잔을 나선 상천은 부지런히 남녕을 향해 발걸음을 재촉했다.

상천이 남녕에 도착한 것은 객잔을 출발한 지 이십 일이 지난 후였다.

보통 상천이 출발한 남단현에서 남녕까지 말을 타고 보름이 걸리는 거리였다. 그런 거리를 걸어서 이십 일 만에 도착했으니 상천이 얼마나 쉬지 않고 걸었는지 알 수 있었다.

상천이 남녕에 도착한 것은 해가 완전히 저문 시각이었다.

시내 곳곳의 건물에서 새어 나오는 빛이 아니면 아무것도 보이지 않을 정도로 늦은 시각이 되어서야 상천은 겨우 남녕에 도착할 수 있었다.

완전히 녹초가 된 상천은 객잔을 찾았다.

남단현에서 너무 지친 나머지 아무 곳이나 들어갔다가 가진 돈의 반을 날렸던 상천은 힘들기는 했지만 객잔들을 돌아다니면서 신중하게 골랐다.

결국 상천은 시내 외곽 쪽에 있는 허름하고 값싼 객잔을 잡고는 식사도 하지 않은 채 잠에 빠져들었다.

다음날.

상천은 늦은 시간에 일어났다.

대회 시작까지는 여유가 있었고, 어차피 참가 신청 날짜도 지났기 때문이다.

부득이한 상황 때문에 결원이 발생할 경우가 있을지 모른다는 생각에 남녕까지 왔지만 사실 상천도 큰 기대는 하지 않고 있었다.

이렇게 된 이상 무투대회에 참가하는 것은 하늘의 뜻에 맡길 수밖에 없었다.

눈을 뜬 상천은 곧장 침상 위에서 가부좌를 틀고는 운기를 시작했다.

숙면으로도 풀리지 않은 피로가 운기를 통해 말끔히 사라지기 시작했다.

운기를 마친 상천은 간단히 식사를 마치고 점소이에게 무투대회에 관한 것을 이것저것 물은 뒤 밖으로 나갔다.

객잔을 나서고 번화가에 나가니 대부분의 사람들이 무투대회에 대한 이야기를 하고 있었다.

그중에서도 초미의 관심사는 누가 우승을 할 것인가 하는 점이었다. 광서성뿐만 아니라 인근 다른 성의 고수들도 참가를 했다는 이야기도 들을 수 있었다.

'참가를 해도 문제구나.'

사람들의 이야기를 들으며 걷던 상천이 속으로 중얼거렸다.

물론 과장된 부분이 있겠지만 사람들의 이야기만 들으면 참가하는 사람들 중 우승 후보로 꼽히는 자들은 전부 엄청난 실력을 가진 사람들인 듯했다.

아직 정확하게 자신의 실력이 어느 정도인지도 모르고, 그렇다고 해서 제대로 된 비무나 실전 경험이 있는 것도 아닌 상천에게는 한숨만 나오는 이야기뿐이었다.

'멋모르고 덤벼든 것 같구나.'

상천의 얼굴이 살짝 굳었다.

*   *   *

장우량의 앞에서 장여진은 방방 뛰었다.

자신에게 붙여줄 수하들을 무투대회에서 뽑는다는 것을 나중에 들었기 때문이다.

당연히 문의 무사들을 붙여줄 것이라 생각했던 장여진은 장우량의 앞에서 화도 냈다가 애교도 부렸다가 하면서 극구 반대를 했다.

하지만 결국 그녀는 승복할 수밖에 없었다.

"그런 자들을 데려다가 그럴싸한 무인으로 만드는 것 또한 능력이다. 한번 만들어봐."

물론 장우량이 장여진에게 그런 것까지 기대할 리가 없었다. 그저 그 순간의 상황을 모면하고자 내뱉은 말이었다.

하지만 임기응변식의 말 한마디가 엄청난 효과를 가져왔다.

장여진은 장우량이 자신을 믿고 좀 더 제대로 된 능력을 보

여주기를 바라고 있다는 식으로 제멋대로 해석을 해버린 것
이다.

어쨌든 기분이 좋아진 장여진은 부대주가 될 여소정과 함
께 남녕 시내에 나와 있었다.

누가 자신이 대주가 될 청운대(靑雲隊)의 대원이 될지는 모
르지만 그 후보 군을 자신의 눈으로 직접 확인하고 싶었기 때
문이다.

앞서 걷는 장여진으로부터 두 걸음 떨어져 여소정이 따랐
다.

그저 즐겁기만 한 장여진과 달리 여소정은 날카로운 눈빛
으로 주변을 살피며 그녀를 수행했다.

“이번 대회 개최 장소가 어느 쪽이었지?”

한껏 들뜬 마음으로 시내를 돌아다니던 장여진이 퍼뜩 정
신을 차리고는 뒤에 따라오는 여소정에게 물었다.

“반대쪽입니다.”

“음? 반대쪽?”

“네.”

“아하하, 그래? 그럼 가자!”

무안해진 장여진이 어색한 표정으로 여소정을 지나쳐 반
대 방향으로 걷기 시작했고, 여소정은 감정을 읽을 수 없는
무표정한 얼굴로 다시금 그녀의 뒤를 따랐다.

“여기구나.”

상천은 대회 준비가 한창인 곳을 바라보며 중얼거렸다.

거대한 연무장 주변에 관중석이 있었고, 연무장을 중심으로 서로 반대편에는 대전자들이 대기할 수 있는 공간이 마련되어 있었다.

대회가 얼마 남지 않은지라 준비는 막바지에 이른 상태였다.

“거기 그쪽! 지저분하게 삐져나온 거 정리하고! 얌마! 그쪽은 줄이 안 맞잖아! 똑바로 못해?!”

작업반장처럼 보이는 덩치 큰 민머리 사내가 우렁찬 목소리로 여기저기 소리를 지르며 지시를 하고 있었다.

부릅뜬 눈으로 대회장 곳곳을 날카롭게 살피며 잘못된 부분을 지적하고 있었다.

그의 지시에 따라 사람들이 부지런히 움직이고는 있었지만 아무래도 힘에 부치는 모양이었다.

“저기요.”

상천은 그에게 다가가 말을 걸었다.

아무래도 지금 이곳에서 가장 높은 자리에 있는 사람은 민머리사내인 것 같았기 때문이다.

그에게 가서 부탁을 하면 혹시나 참가할 수 있지 않을까 하는 아주 작은 바람을 가지고 있었다.

“뭐야? 일 하러 왔나? 그럼 빠릿빠릿하게 움직여야지! 저기

저쪽으로 가서 좀 도와! 젊은 사람이니 힘 좀 써보라고!"

"저기, 그게 아니고 전……."

퍼억!

"윽!"

자신이 찾아온 의도를 잘못 알고 있는 사내에게 정확한 의도를 전달하려 했지만 사내는 상천의 말을 막고는 커다란 손바닥으로 등짝을 한 대 후려쳤다.

"사내자식이 무슨 말이 이렇게 많아! 빨리 못 움직여! 대회가 코앞이란 말이다!"

"아, 진짜! 그게 아니라니까!"

울컥한 상천이 잔뜩 인상을 쓰고 사내에게 버럭 소리를 질렀다.

덩치도 자신보다 작고 생긴 것도 남자답다기보다는 곱상한 편인 상천이 자신을 노려보며 소리를 지르자 사내가 의외라는 듯 그를 바라보았다.

"난 여기 일하러 온 게 아니라고!"

"그럼 왜 왔나?"

일하러 온 것이 아니라는 상천의 말에 사내가 멋쩍은 듯 반질반질한 머리를 살살 긁으며 물었다.

"뭐 좀 물어보려고요."

사내의 태도에 상천도 한층 누그러진 어투로 말했다.

"꼭 지금 물어야겠나? 보시다시피 지금 너무 바빠서 말이지. 거기! 일 안 하고 뭐해! 이것들을 확!"

상천에게 부드럽게 말을 하던 사내가 그 틈을 타 딴짓을 하고 있는 사람들에게 또 한 번 버럭 화를 냈다.

가까운 거리에서 귀를 파고드는 엄청난 목청에 상천은 인상을 찌푸릴 수밖에 없었다.

"아무튼 물어볼 게 뭔가? 바쁘니까 요점만 간단히 하게."

"참가자 모집 끝났나요?"

"끝났네. 질문 끝! 난 바쁘니 이만 가겠네. 이눔 시키들!"

"저, 저기!"

상천의 물음이 채 끝나기도 전에 간단히 대답한 사내가 또다시 버럭버럭 고함을 질러가며 대회장 곳곳을 누비기 시작했다.

그 모습을 보며 한숨을 푹 내쉰 상천은 발걸음을 돌릴 수밖에 없었다.

"봤니?"

"예, 봤습니다."

장여진의 물음에 여소정이 무뚝뚝한 어투로 대답했다. 그런 그녀를 못마땅한 표정으로 힐끗 쳐다본 장여진은 다른 곳으로 시선을 돌렸다.

그녀의 시선이 닿은 곳에는 아쉬운 듯 대회장을 바라보다가 발걸음을 옮기는 상천이 있었다.

"나이도 어려 보이고 곱상하게 생겼는데 왜 무투대회 같은 데에 나가려고 할까? 죽을지도 모르는데."

"저마다 어떤 사연을 가졌는지 어떻게 알겠습니까?"

"그건 그렇지."

여소정의 대답은 제대로 듣지 않고 장여진의 눈동자는 계속해서 상천을 좇고 있었다.

"소정아."

"부대주라 불러주십시오."

여소정의 대답에 장여진이 다시 한 번 그녀를 힐끗 쳐다보았다. 그리고는 알겠다는 듯 작게 한숨을 내쉬고는 다시 말을 고쳤다.

"부대주."

"예."

"궁금하지 않아?"

"알아올까요?"

"아니야. 됐어. 가자."

"예."

여소정과 함께 발걸음을 옮기던 장여진이 멀어지는 상천을 마지막으로 한 번 힐끗 쳐다보고는 대회장으로 시선을 옮겼다.

다음날.

상천은 또다시 대회장을 찾았다.

지금으로서는 대회에 참가할 수 있는 방법을 찾을 수 있는 유일한 곳이기 때문에 어쩔 수 없었다.

다시 그곳을 찾은 상천의 눈에 어제의 민머리사내가 보였다.

오늘은 어제보다는 바쁘지 않은 듯 그저 인부들이 일하는 모습만 팔짱을 낀 채 바라보고 있었다.

어제와 같은 황당한 일을 겪지는 않을 것 같다는 판단이 선 상천은 그 민머리사내에게 다가갔다.

"저기요."

"음? 누구지?"

상천의 부름에 민머리사내가 그를 바라보았다. 하지만 워낙 경황이 없는 상황이었기 때문인지 상천을 제대로 기억하지 못했다.

"어제 무투대회에 대해서 물었던……."

"아! 어제 내가 실수를 했지? 미안하네. 하하하! 워낙 정신이 없어서 말이야. 그런데 무슨 일인가?"

민머리사내가 호탕하게 웃으며 사과를 하고는 용건을 물었다.

"무투대회 때문에 물어볼 것이 있습니다."

"그거라면 어제 얘기한 것 같은데? 참가 신청은 다 끝났다고."

사내의 대답에 상천이 고개를 끄덕였다.

"네, 알고 있습니다. 그래도 혹시나 참가할 수 있는 방법이 있는지 궁금해서 찾아왔습니다."

"흠……."

상천의 말에 사내가 손으로 민머리를 살살 긁으며 곰곰이 생각에 잠겼다.

"들기로는 기존 참가자에게 피치 못할 사정이 생겨 그 사람이 나가지 못하게 된 경우에 한해서로 알고 있는데, 이런 규정도 모르고 있었나?"

민머리사내가 의아한 표정으로 물었다.

"무투대회에 나가고자 하는 것도, 대회가 있다는 것도 알게 된 지 얼마 안 됐습니다."

"흠……. 그러고 보니 나이도 어린 것 같은데 무투대회 같은 데에는 왜 나가려고 하는가? 죽을지도 모르는데."

"돈을 벌려고 합니다."

"돈?"

상천의 대답에 민머리사내는 더더욱 이해할 수 없다는 표정으로 그를 바라보았다.

"예. 큰돈이 필요합니다."

"흠……."

민머리사내가 그래도 이해 못하겠다는 듯 말을 이었다.

"뭐, 어떤 사정이 있고 왜 큰돈이 필요한지는 모르겠지만 그래도 사람 나고 돈 났지 돈 나고 사람 난 건 아니라네. 아직 젊으니 부지런히 일해서 버는 게 제일이야."

사내의 말에 상천이 옅은 미소를 지은 채 인사했다.

"아무튼 감사합니다. 가보겠습니다."

"그러게. 어떻게 될지는 모르겠지만 내가 한 얘기는 잘 생각해 보게!"

"예."

마지막까지 웃는 낯으로 대답한 상천은 그 자리를 떴다. 잠시 그런 상천을 바라보고 있던 사내가 다시 준비가 한창인 곳으로 시선을 돌렸다.

"그건 거기가 아니잖아! 이 닭대가리 같은 놈아!"

"돈?"

합산도문 내 자신의 처소에서 단장을 하고 있던 장여진이 여소정의 말에 잠시 하던 것을 멈추고 그녀를 바라보았다.

"예. 대회장 준비를 하는 용역반장과 나누는 대화를 들었는데 돈이 필요하다고 합니다."

"돈이 필요하다고 어린 나이에 죽을지도 모르는 무투대회에 나간다고?"

"그렇다고 합니다."

여소정의 대답에 장여진 역시 민머리사내와 같은 이해할 수 없다는 표정을 지었다.

"무슨 일 때문이지?"

장여진이 중얼거렸다. 하지만 그에 대한 대답은 여소정도 해줄 수가 없었다.

"그래서, 무투대회에 나갈 수 있는 방법은 찾았대?"

"못 찾은 것 같습니다. 이미 참가 신청도 끝났고, 신청하지 못한 사람이 나갈 수 있는 길은 기존 참가자 중 누군가가 빠져야만 가능합니다. 그마저도 대기자들이 꽤 있는 것으로 보입니다."

여소정의 대답에 장여진이 안타깝다는 표정을 지었다.

"뭐, 어쩌겠어. 규정이 그렇다면야. 아, 참가자들은 좀 살펴봤어?"

"네. 생각보다 별 볼일 없는 사람들이 많았습니다."

"그래?"

장여진이 인상을 찌푸리며 대답했다.

큰 기대를 하지는 않았지만 자신의 수하가 될 사람들이 별 볼일 없다는데 기분이 좋을 리 없었다.

"건질 만한 사람은 몇 명이나 되는 것 같아?"

"제가 아직 사람 보는 눈이 모자라서 그런 것일 수도 있겠지만 대략 열 명 남짓입니다."

"열 명이라……."

열 명이면 대(隊)를 구성하기에는 턱없이 부족한 인원이다. 겨우 일 개 조를 만들 정도의 인원밖에 되지 않았다.

"좀 더 찾아봐. 눈높이를 낮춰서라도 스무 명은 골라야
지."

"무투대회 참가 인원이 대략 육십 명이 조금 넘는 것으로
알고 있습니다. 여기서 눈높이를 더 낮춰 인원을 선발하면 격
이 떨어질 수 있습니다."

"하……."

여소정의 대답에 장여진이 한숨을 쉬었다.

그렇다고 고작 열 명을 가지고 시작할 수는 없는 노릇이었
다.

"그래. 일단 그 아이는 어때? 무투대회에 나가려고 하는 걸
보면 어느 정도 무공은 익혔겠지?"

"그런 듯 보입니다만 실력이 대단한 것 같지는 않습니다."

"어느 정도인데? 이류?"

"네. 이류를 갓 벗어난 정도로 보입니다. 같은 일류급이라
고 해도 절정에 가까운 무인과 일류에 갓 접어든 무인은 격이
다릅니다."

"그건 나도 알지. 그런데 그 실력으로 어떻게 무투대회에
참가할 생각을 했을까?"

장여진이 다시금 상천을 떠올리며 중얼거렸다.

"관심이 가십니까?"

"뭐?"

여소정의 물음에 장여진이 무슨 소리냐는 듯 그녀를 바라

보았다.

“요 며칠 계속해서 대주님의 입에 그자가 오르내리고 있습니다.”

“그런가? 관심이라기보다는… 못해도 나보다 네다섯은 어려 보이는데 무투대회에 나가려고 하는 걸 보니 호기심이 생긴 거지.”

그렇게 말한 장여진이 피식 웃으며 여소정을 바라보았다.

“왜, 내가 그 아이한테 관심이라도 있는 것 같아?”

“솔직히 말씀드리면 조금 그렇습니다.”

“요 며칠 자주 얘기한 것 때문에?”

“예, 그렇기도 하고…….”

“그리고 또 뭐?”

여소정이 말끝을 흐리자 장여진이 미소를 지으며 물었다.

“…생긴 것도 귀엽게 생기지 않았습니까?”

“오호~ 귀엽게 생겼단 말이지? 나보다 부대주가 그 아이한테 더 관심이 있는 거 아냐?”

“아, 아닙니다!”

장난기 섞인 장여진의 물음에 얼굴에 홍조가 피어오른 여소정이 말까지 더듬으며 부정했다.

“호호! 얼굴은 빨개지고 말은 더듬고. 진짜 아니야?”

“아닙니다.”

장여진이 웃으며 다시 한 번 묻자 여소정이 다시 무표정한 얼굴로 진지하게 대답했다.

"칫! 재미없게. 뭐 어때? 여자가 남자를 보고 관심있어 할 수도 있는 거고, 한눈에 반할 수도 있는 거고. 자연스런 건데."

"그런 것 절대 아닙니다."

"알았어, 알았다고. 암튼 수고했어. 나가봐."

"예."

여소정이 허리를 굽힌 뒤 방을 나서자 장여진은 하던 단장을 마저 하기 시작했다.

잠시 단장을 하던 장여진이 다시금 손을 멈추고는 여소정이 나간 문을 물끄러미 바라보며 중얼거렸다.

"진짜 관심있는 거 아냐?"

＊　　＊　　＊

객잔으로 돌아온 상천은 거의 포기 상태였다.

방법이 없는 것은 아니었지만 확률은 굉장히 희박했다.

여기저기 돌아다니며 알아본 결과 '피치 못할 사정으로 참가자 중 누군가가 이탈할 경우에 대기자 중 순차적으로 투입된다'는 조항에 따라 대기자들이 투입된 경우가 지금껏 한 번도 없었다는 이야기를 들은 까닭이다.

일단 대기자 명단에 이름을 올리고 오기는 했지만 순번이 너무 뒤쪽이었다.

상천의 손에는 팔십오라고 적힌 종이 하나가 들려 있었다. 그의 앞으로 대기자가 여든네 명이나 있다는 뜻이었다.

대회 참가자의 숫자가 예순네 명임을 감안했을 때 기존 참가자들 전체가 이탈하고 그만큼이 더 이탈을 해도 상천은 참가를 할 수가 없었다.

"하……. 그냥 돌아가야겠구나."

그렇게 중얼거린 상천이 방 창문으로 다가가 어둑해진 하늘을 올려다보았다.

"다들 잘 있으려나?"

상천이 백룡문에 있는 병목 등을 떠올리며 중얼거렸다.

*　　　*　　　*

"이쯤 어디일 텐데……."

깔끔한 무복을 입고 등에는 가벼운 봇짐을 진 사내 한 명이 주변을 두리번거리며 길을 걷고 있었다.

코는 납작하고 얼굴은 넓적했으며 살집이 조금 있는 모습이었다. 주름 하나 없이 탱탱한 피부였지만 머리가 살짝 벗겨져서 그런지 나이가 꽤 들어 보였다.

"뭐야? 여기야?"

사내가 허름한 장원 앞에 서서는 깜짝 놀란 듯 정문과 담벼락을 바라보았다.

"누구세요?"

그때, 누군가가 그에게 말을 걸었다.

옆에서 들려온 목소리에 사내가 고개를 돌렸다. 키가 큰 사내와 달리 자신에게 말을 건 사람은 키가 그의 가슴팍에 닿을 정도로 작았다.

"여기가 백룡문이 맞소?"

"그런데요?"

사내의 물음에 대답한 사람은 다름 아닌 배동삼이었다. 일하던 객잔에서 휴가를 받아 일찍 귀가하던 차에 백룡문 앞에서 서성이고 있는 사내를 만난 것이다.

"진짜 여기가 백룡문이오?"

"그렇다니까요?"

사내가 같은 질문을 다시 한 번 하자 배동삼이 답답하다는 듯 대답했다.

"근데 문파 꼬라지가 왜 이 모양이오?"

사내가 이해할 수 없다는 듯 물었다.

그 물음에 배동삼이 잔뜩 인상을 찌푸리고는 욱하여 되물었다.

"뭐요? 여기가 뭐 어때서요?! 좋기만 한데!"

배동삼이 버럭 화를 내자 사내가 미안했는지 실실 웃으며 말했다.

"아, 내 말은 그게 아니라……. 언짢았다면 사과하리다. 혹시 백룡문도요?"

"그런데요? 왜요?"

이미 기분이 상한 배동삼이 퉁명스럽게 대답했다. 그의 대답에 사내가 '그러냐?' 하는 표정으로 허름한 백룡문의 정문을 힐끗 쳐다보았다.

잠시 동안 그러고 있는 사내를 배동삼이 빤히 바라보고 있는데 사내가 다시 그에게 시선을 돌리며 말했다.

"그럼 문주께 가서 여권문(余拳門)의 막천풍(莫天風)이 비무를 청한다고 전해주시겠소?"

막천풍의 말에 배동삼은 잠시 동안 멍한 표정으로 그를 바라보았다.

그런 배동삼을 보며 막천풍은 하얀 이를 드러내며 미소를 보였다.

『단월검제』 제2권에 계속…

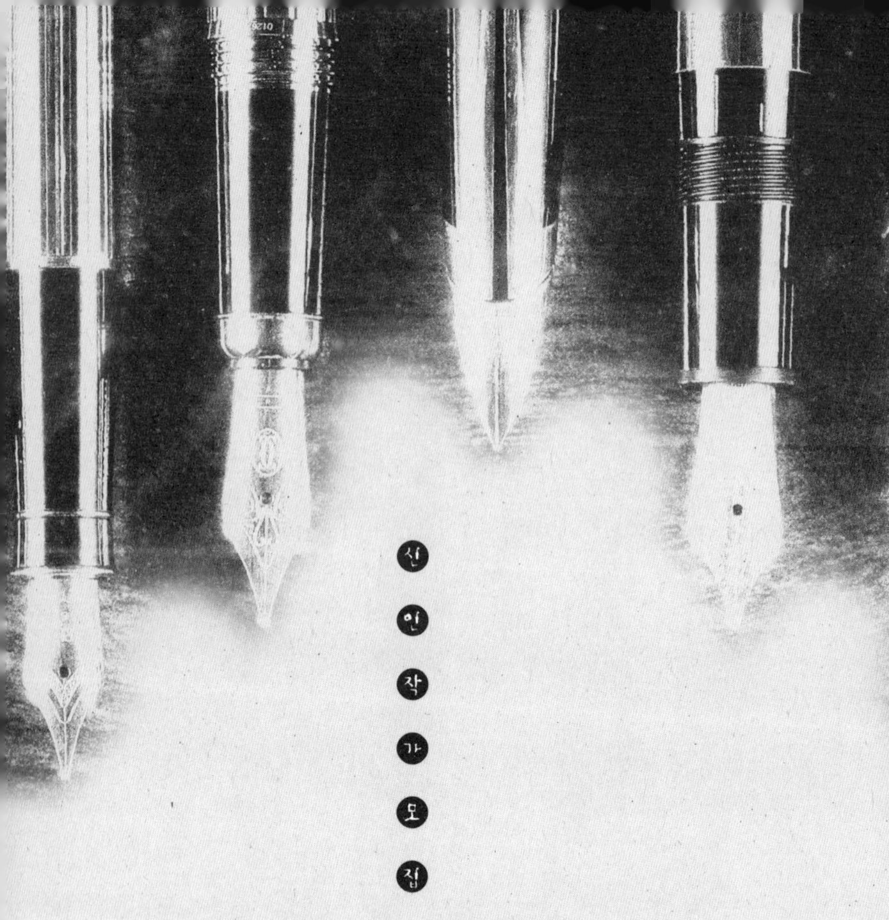

신인 작가 모집

시작이 반이라고 했습니다.
작가의 길에 대한 보이지 않는 벽을 과감히 깨뜨리십시오!
청어람은 작가 지망생 여러분들의
멋진 방향타가 되어드리겠습니다.

저희 도서출판 청어람에서는
소설 신인 작가분들을 모집합니다.
판타지와 무협을 사랑하시는 분들의 많은 참여를 바랍니다.
소정의 원고(A4용지 150매)를 메일이나 우편으로 보내주시면
검토 후 출판 여부를 알려드리겠습니다.

주소:경기도 부천시 원미구 심곡2동 163-2 서경B/D 2F 우편번호 420-822
TEL:032-656-4452 · **FAX**:032-656-4453
http://**www.chungeoram.com**
e-mail:chungeoram@chungeoram.com

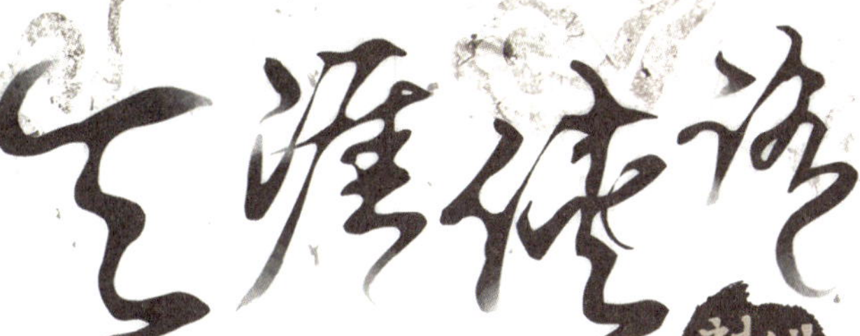

촌부 新무협 판타지 소설
FANTASTIC ORIENTAL HEROES

『우화등선』,『화공도담』의 뒤를 잇는
작가 촌부의 또 하나의 도가 무협!

무림맹주(武林盟主), 아미파(峨嵋派) 장문인(掌門人),
군문제일검(軍門第一劍), 남궁세가(南宮勢家)의 안주인.

그들을 키워낸 어머니-
진무신모(眞武神母) 유월향(柳月香)!

어느 날, 그녀가 실종되는데……

"하, 할머니는 누구세요?"

무한삼진의 고아, 소량(少兩)에게 찾아온 기이한 인연.

세상과 함께 호흡을 나눌 수 있다면[天地同息]
천하의 이치를 모두 얻으리라[天下之理得]!

이제, 천하제일인과 그녀가 길러낸
마지막 자손의 이야기가 펼쳐진다!

2011년 대미를 장식할
준.비.된. 작가 정민교의 신무협이 온다!
『낭인무사(浪人武士)』

"죄수 번호 사천이백삼, 담운!"
"……!"
"출옥이다."

만두 하나.
고작 그 하나에 이십 년 옥살이를 한 소년, 담운.
그 답답하고 억울한 마음을 풀어낸다!

무림맹! 구대문파! 명문세가!
겉만 번지르르한 놈들은 다 사라져라!
겉과 속이 다른 너희들을 심판하러 내가 왔다!

Book Publishing CHUNGEORAM

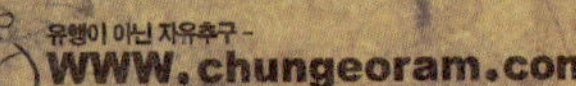